Demi-siècle

Du même auteur

Romans

Enterrement de vie de garçon, Stock, 2004, J'ai Lu, 2009
Les Liens défaits, Stock, 2006 (prix Roger-Nimier 2006), J'ai Lu, 2010
Une si douce fureur, Stock, 2006, J'ai Lu, 2010
Une belle époque, Stock, 2008, J'ai Lu, 2012
Une certaine fatigue, Stock, 2012
Soldat d'Allah, Grasset, 2014
Des heures heureuses, Flammarion, 2018

Essais

Patrick Besson, Éditions du Rocher, coll. « Domaine français », 1998
Foot Business, Hachette, 2001
Le Nouvel Ordre sexuel, Bartillat, 2002
Les Bouffons du foot, Éditions du Rocher, coll. « Colère », 2002
À l'est d'Eastwood, La Table ronde, 2003
Clint Eastwood, Fitway Publishing Editions, 2005
Deuxièmes Séances, Stock, 2009
Callcut, boire pour se souvenir, Éditions du Sandre, 2010
De chez nous, Stock, 2014 (prix Renaudot de l'essai 2014)
Dictionnaire chic de littérature française, Écriture, 2015
Les Mondes de Michel Déon, Séguier, 2018

Christian Authier

Demi-siècle

roman

Flammarion

ISBN : 978-2-0815-0614-5

I

Quelle idée. D'habitude, on ne voyait ça que dans des films ou des chansons. Pas les meilleurs d'ailleurs. En buvant un deuxième café dans la cuisine de son appartement dont les fenêtres donnaient sur la place Monge, il relut le SMS que Frédéric avait envoyé la veille, peu après 23 heures. « Chers amis, pour mon cinquantième anniversaire, le 20 mai, je vous convie à une journée de fête... »

Un SMS collectif. Ben voyons. Pourquoi se fatiguer ? En général, Patrick fuyait les mariages et les anniversaires. Celui-là, il lui serait difficile de l'éviter. Des images de films revinrent à son esprit. En fait, les retrouvailles au cinéma étaient plutôt provoquées par des funérailles. Il n'aimait pas plus ce motif que les autres. L'anniversaire aurait lieu dans la ville où il avait grandi et suivi ses études, et par là même connu Fred sur les bancs du lycée. Cinq ans qu'il n'y avait pas mis les pieds. La dernière fois, c'était pour les obsèques de son père qui avait été enterré dans son village natal, à vingt kilomètres de là. Sa mère était accompagnée de son nouveau mari que Patrick n'avait croisé que deux ou trois fois auparavant. Quant à Fred, depuis combien de temps ne l'avait-il pas vu ? Deux ans ? Au Comptoir du relais, à Odéon ou au Ribouldingue ?

En sirotant son café, il relut le message envoyé aussi dans sa boîte mail. Les adresses jointes réveillèrent des souvenirs, malgré des abréviations baroques de prénoms et de noms liés aux messageries. Cet anniversaire promettait. En cette fin de novembre, le froid serrait la ville dans ses poings. La pluie s'invitait sans prévenir. Patrick n'aimait pas cette saison. Il courbait l'échine, rasait les murs. Mentalement, il cochait des jours sur le calendrier. Dans moins de six mois, il serait donc dans le Sud. Au chaud et sous le soleil sans doute. Enfin, il ne fallait jurer de rien. Son téléphone indiquait 8 h 10. Bientôt, il allait s'engouffrer dans la station Cardinal-Lemoine et rejoindre le journal. Dans le wagon, comme d'habitude, il observerait les gens avec des écouteurs dans les oreilles ou des casques Bluetooth sur la tête. D'autres se contenteraient de pianoter sur leur smartphone, d'autres encore liraient un journal ou un livre – des vieux messieurs, des étudiants ou des femmes. À de rares exceptions, le mâle âgé entre vingt-cinq et soixante ans ne pratiquait plus la lecture papier dans les transports en commun, ni dans un autre lieu d'ailleurs. Patrick guetterait les regards, les vêtements, les postures. Ce spectacle familier ne l'ennuyait jamais. Il imaginait des sentiments, des destins, des peines et des joies derrière ces visages et ces gestes d'inconnus. Chacun voguait, vaquait. Quelles circonstances, quels lieux fallait-il alors prévoir pour qu'une rencontre ou un échange soit possible entre les humains ? Il rêvait d'un monde où l'on pourrait dire à un inconnu la vérité de ses sentiments et de ses humeurs sans passer pour un fou ou un maniaque. « Vous êtes belle », « Ne soyez pas si triste »... Les humains avaient peur, ressemblaient à des troupeaux d'animaux regagnant leur étable. Dans la vraie vie, il fallait du courage et du talent pour s'adresser à un inconnu sans le faire fuir. Et lui, l'observait-on ? Sans doute, même s'il avait du mal à s'en convaincre. Que pouvait-on voir en le regardant ?

Un type d'âge mûr, aux yeux doux et perçants, les cheveux encore châtains plaqués en arrière, engoncé en cette saison dans un imper Burberry découvrant derrière une écharpe relâchée une cravate sur une chemise bleue, blanche ou finement rayée recouverte d'une veste, souvent en tweed. Un bourgeois. Un mari. Ne pas se fier aux apparences. Comme l'on dit avec un ton de reproche : il cachait bien son jeu. Du bourgeois, il n'avait pas l'état d'esprit ni le mode de vie. Tout au plus les revenus. Mari, il ne l'était plus depuis quinze ans, ne sachant pas si son divorce avait été une libération – ce qu'il pensait en général – ou le début d'une errance sans but ni fin. Au final, la séparation avec Claire avait été les deux. Il ne regrettait rien, même pas d'avoir aimé cette femme qui avait nourri tant de rancœur envers lui quand il s'était contenté de la maudire, dans de brefs accès de rage solitaire, puis de tenter de l'oublier avec le succès relatif que garantit l'existence d'un enfant en commun : Sébastien, qui avait eu dix-sept ans l'été passé.

Autour de lui, ces dernières années, tout le monde divorçait. Quarante ans, cinquante ans : c'était l'âge d'or du divorce. Les enfants avaient grandi. On pouvait solder les comptes. Le mythe de la cougar avait beau être relayé depuis des années par les magazines ou le cinéma, en général c'était l'homme qui partait avec une femme plus jeune de dix ou quinze ans. Au moins, il avait échappé à ce pathétique cliché. Patrick avait devancé l'appel du divorce et regardait ses amis se dépêtrer à leur tour avec les faisceaux d'emmerdements, d'avocats, de déménagements, de reproches que générait ce type de procédure. De son côté, les déconvenues et les désastres sentimentaux avaient la politesse de la discrétion. Cela se réglait dans la solitude de nuits trop longues, dans la tristesse de réveils sonnant le retour au réel. Les hivers étaient alors très froids, les étés étouffants, les printemps et les automnes moites.

Il arrivait déjà à Odéon. Il fallait changer de ligne. En sortant du wagon, il crut croiser le regard d'une jeune fille relevant la tête de son livre pour lui sourire. Il avait dû se tromper.

II

Il arriva sans se presser au siège du journal, dit bonjour à la fille de l'accueil dont le visage changeait régulièrement et au type de la sécurité dont la stabilité professionnelle était plus assurée, fit glisser son badge sur l'un des portiques et se faufila dans l'ascenseur pour accéder au deuxième étage, celui de la rédaction. Patrick affichait vingt-deux années de service dans les rangs de *L'Hebdomadaire*, pardon de *L'Hebdo*, comme il s'appelait depuis plus de trois ans. À ses débuts, il avait touché à tout ou presque : la critique gastronomique, le cinéma, les interviews de personnalités façon questionnaire de Proust, les portraits… Les pages voyages lui avaient offert du bon temps et un peu d'ennui. Sa polyvalence, son ironie et son talent sans ostentation étaient appréciés. Puis son statut d'écrivain conforta sa place de journaliste. Certes, il n'avait publié qu'un seul roman, à la rentrée 2000. Cela suffisait en France pour être considéré comme un romancier. Critiques louangeuses, deux prix littéraires, mineurs mais avec leur petit prestige, des salons et des rencontres dans des librairies un peu partout. Bilan des courses : quatre mille exemplaires vendus. On ne le reprendrait pas à perdre dix-huit mois de sa vie – et son mariage – pour de si minces résultats. Tout le monde avait oublié *Sans laisser d'adresse* sauf quelques fanatiques, amateurs de livres et d'auteurs cultes, qui lui écrivaient parfois. De vrais casse-pieds. Dieu merci, il n'avait jamais été critique littéraire. Tous les contemporains qu'il lui arrivait de lire ou de feuilleter lui tombaient des mains – à l'exception de Houellebecq et deux ou trois autres. Des histoires de parents violents ou de migrants kosovars, des romans historiques pataudes sur des nazis ou des tortionnaires de l'armée française martyrisant le fellagha, de la psychologie de bazar, des jérémiades fournissaient la matière à des produits jetables promus par le système. Quelle misère.

Avec son bon sens hérité d'une jeunesse provinciale, Patrick s'était reconverti dans la négritude littéraire au grand regret de son éditeur Jean-François Sanders qui lui permit néanmoins d'assouvir cette activité après avoir publié son roman. Patrick avait commencé par écrire un guide des bistrots parisiens signé par un célèbre critique gastronomique puis des Mémoires de sportifs, d'actrices et d'acteurs, d'un ancien ministre de Mitterrand, d'une grande figure de l'écologie... Une douzaine d'ouvrages dont les bénéfices disparurent dans des costumes sur mesure, une pension alimentaire et des voyages quand une femme partageait sa vie. Le travail n'était pas harassant. Une trentaine d'heures d'entretien avec le sujet étalées sur dix ou quinze jours (au-delà, ces braves gens se répétaient) et trois semaines d'écriture à raison de trois heures par jour – un peu plus les week-ends – afin de rendre cela présentable. Dix à quinze mille euros, pour les « bons clients », récompensaient le labeur. Un petit pourcentage sur les ventes n'était pas toujours exclu. Les auteurs officiels étaient en général très heureux du résultat. Avant cela, ils avaient naturellement douté de la capacité de leur « collaborateur » – ils ne disaient jamais nègre – à restituer la densité, la richesse, la grandeur de leur existence, mais celui-ci était devenu au fil des jours plus qu'un exécutant et un intervieweur, un confident, un intime, peut-être même un ami. Ils ne l'oublieraient pas de sitôt. Une semaine après la sortie du livre, quand commençaient à pleuvoir les articles dans la presse et les invitations sur les plateaux télé ou radio, ils parlaient pourtant avec conviction et sincérité de leur livre, de l'expérience souvent douloureuse qui avait consisté à se confronter à la page blanche, aux doutes qui les avaient assaillis au cours de l'écriture.

Plus tard, quand Patrick croisait l'un d'eux dans un restaurant ou à l'occasion d'un cocktail, l'auteur imaginaire ne le reconnaissait pas et ne lui adressait jamais la parole. Cela ne le chagrinait pas. Finalement, l'expression anglo-saxonne de *« ghost writer »*, popularisée notamment par le film de Polanski et qui sonnait mieux désormais en France que le mot « nègre » aux relents racistes et coloniaux, définissait parfaitement son rôle : un fantôme.

Avec Sanders, ils préféraient en rire. Ce dernier, éditeur depuis trente ans, romancier précoce et talentueux, avait tout vu, tout connu de cet étrange milieu. Un prix Renaudot à vingt-huit ans puis des adaptations de ses romans au cinéma l'avaient débarrassé de l'harassante quête des honneurs et du succès taraudant la plupart des écrivains jusqu'à en faire des êtres tendus, jaloux, aigris, cupides, fourbes, narcissiques. À la tête des Éditions des Archives depuis près de vingt ans, Sanders avait obtenu des succès, des prix, des scandales médiatiques. Ce qui lui permettait de publier de vrais auteurs avec la persévérance et la passion qu'il mettait dans son métier. Au-delà de leurs rendez-vous professionnels, Patrick déjeunait ou dînait avec lui trois ou quatre fois par an. Ils parlaient de football, de cinéma, des prix littéraires en cours ou à venir, des femmes. « Tu es amoureux en ce moment ? » était souvent une des phrases d'attaque de Sanders. « Et tes amours, ça va ? », proposait une variante. On l'oubliait parfois, mais c'était le plus important. À cinquante ans et des poussières, il conservait une bouille de jeune homme avec ses cheveux bouclés à peine grisonnants, ses jeans, ses chemises bleues, ses mocassins portés sans chaussettes, son imper Columbo dont Patrick aimait se gausser. Jean-François Sanders était un seigneur, le dernier éditeur de Paris, le plus attentif des amis. Sa lassitude enjouée consolait des déceptions de ce monde. Patrick ne lui voyait que deux défauts : son goût pour le bordeaux et le whisky, sa fidélité à la brasserie Lipp où il avait le rare privilège de pouvoir réserver « sa table », à gauche de l'entrée. À défaut de romans, après un déjeuner arrosé, Patrick proposa à Sanders d'écrire un livre intitulé *Dernières Séances* consacré à cinquante films injustement oubliés. Il accepta aussitôt avec enthousiasme, de même qu'il approuva l'idée de mettre sur le bandeau du livre la phrase : « Si vous n'aimez pas le cinéma, allez vous faire foutre », clin d'œil à une tirade de Michel Poiccard/Jean-Paul Belmondo dans *À bout de souffle* de Godard que plus personne, ou presque, n'était en mesure de reconnaître en cette époque. Ils s'en fichaient, ils se bidonnaient. *Dernières Séances* sortit en librairies. Inutile de préciser que le livre avait vite rejoint le sort réservé aux films en question : l'oubli.

Sanders était mort voilà bientôt six mois, mais Patrick avait conservé son numéro de téléphone dans le répertoire de son portable. Il avait atteint l'âge où l'on a commencé à rayer des noms dans son carnet d'adresses. Chaque année, des aînés disparaissaient, des plus jeunes aussi. Lui continuait à dire « carnet d'adresses » même si, comme la plupart de ses contemporains, il n'écrivait plus de lettres depuis longtemps. Quelques cartes postales toutefois complétaient l'usage de mails et de SMS.

Au journal, en dépit ou à cause de ses quarante-huit ans, il passait pour un vieux crabe. Quand il lâchait qu'il n'était pas sur Facebook, on le regardait comme s'il s'était mis à jongler avec des couteaux ou à faire l'apologie de Hitler. « Non, mais vraiment ? », « Tu déconnes ? », « Comment tu fais ? »

— Ben, comme Jules César, Bonaparte ou de Gaulle. Comme Orson Welles, Picasso ou Miles Davis aussi. Ça te dit quelque chose ou tu ne connais pas les remplaçants de l'équipe ?

Sa seule concession à la modernité avait été l'usage d'un smartphone – exigé et d'ailleurs fourni par le canard. La plupart de ses collègues baignaient dans les réseaux sociaux comme des poissons dans l'eau. À son époque, on devenait journaliste grâce à sa bonne mine et en sachant écrire. Au fil des ans, il avait vu *L'Hebdo* épouser les temps nouveaux. À tous les niveaux. Pas en bien. L'alcool avait été banni de la rédaction par une note de service. Heureusement que le vieux Besnard était mort avant de voir cela. Comment aurait-il pu écrire sa chronique vaguement littéraire qui avait enchanté des lecteurs pendant plus de quinze ans ? La cigarette avait été elle aussi interdite, mais la cigarette électronique était tolérée pour ceux disposant d'un bureau individuel. Des machines à café Nespresso et des bols remplis de sucreries chimiques colorées avaient été installés un peu partout. Comme une compensation. Beaucoup d'employés déjeunaient désormais sur place de sushis et de soupes apportés par des livreurs pressés. Après 2008, crise oblige, les notes de frais furent épluchées au peigne fin. Il fallait justifier avec de solides motifs un déjeuner au restaurant ou l'usage d'un taxi. Seul point positif : les RTT. Grâce à Jospin et Aubry, on pouvait s'offrir des week-ends à rallonge. Patrick ne s'en priva pas. Avant, il ne comptait pas ses heures. Maintenant, on les comptait pour lui. La taille des articles, elle aussi, diminuait d'année en année. Il ne fallait pas ennuyer le lecteur qui pourtant – par définition – était censé lire. On réclamait du rédactionnel « grand public » et une maquette aérée. Des sujets courts, des brèves « fun », « conso », « pas prise de tête ». Résultat : les lecteurs fuyaient, lentement mais régulièrement, au rythme des nouvelles idées pondues par des consultants payés à prix d'or. C'était le temps des audits et des expertises. Des types de trente ans, n'ayant sans doute jamais lu un exemplaire de *L'Hebdo* ni même un journal, expliquaient à des journalistes ou à des chefs de service chevronnés comment ils devaient faire leur métier, s'adapter au numérique, au *print*, à tout un sabir fait de *newsletters* et de *paywall* dissimulant mal la finalité involontaire de l'entreprise : scier la branche sur laquelle le journal était assis.

En 2010, les Unes marquantes de l'histoire du journal (la chute d'Allende, l'élection de VGE, la mort de Sartre, la première élection de Mitterrand, la chute du Mur de Berlin…), affichées sous verre dans le long couloir menant à la salle de rédaction, furent remplacées par des reproductions d'œuvres de Warhol, de Basquiat et de graffeurs moins connus, elles-mêmes remplacées plus tard par rien. Ce n'était que des signes avant-coureurs de la mutation à venir. L'histoire, la mémoire, le passé, la culture : tout cela ne valait plus trois sous. La table rase était à la mode. Il fallait avancer, bouger, ne pas prendre de retard. À *L'Hebdo*, on était de gauche. Enfin non, de droite, depuis que le canard avait raccourci son titre. En fait, on ne savait plus trop. Les esprits étaient déboussolés. La politique, Patrick s'en fichait royalement. Il regardait cela comme il lisait *L'Équipe*. Afin de s'informer sur le nom de buteurs et les résultats. Il n'avait pas voté depuis 1988. Pour choquer les tièdes, quand la conversation abordait ce territoire, il disait qu'il n'avait voté qu'une seule fois et pour un candidat d'extrême droite : François Mitterrand. Évidemment, ceux qui ne connaissaient pas le passé vichyste du premier président « de gauche » de la Ve République, sa francisque, ses convictions Algérie française, son goût pour Chardonne et Drieu, son indéfectible amitié avec René Bousquet ne pouvaient pas comprendre la boutade. Patrick avait détesté les années Mitterrand de sa jeunesse, mais les années Chirac les lui avaient fait regretter. Après Chirac, il avait cru que le niveau ne pouvait que remonter. C'était compter sans la médiocrité de cette caste. Après Sarkozy et Hollande, il était évident que ce serait mieux, enfin moins pire. On ne pouvait pas tomber plus bas qu'avec ces deux guignols. Sinon, on irait dans le mur.

III

Invariablement, il commençait sa journée en lisant *L'Équipe* et *Le Figaro* – deux lectures qui intriguaient, voire inquiétaient, les plus jeunes du journal, mais l'ancienneté de Patrick ainsi que sa place dans la hiérarchie des pouvoirs, ni trop haut ni trop bas, permettaient ce genre de fantaisies. Il était aussi l'un des rares dans l'entreprise à avoir conservé l'usage d'un vrai bureau avec le privilège de ne pas être parqué dans un quelconque open space. Chef de service « Air du temps » : le thème était assez vague pour qu'on lui fiche la paix. Il avait choisi le terme et l'avait imposé en acceptant de n'avoir que trois journalistes, une secrétaire et quelques pigistes pour remplir quatre pages quand d'autres exigeaient une armée. Lui-même écrivait une chronique, un ou deux articles par semaine et assurait la bonne tenue de ses pages en laissant la bride sur le cou à ses journalistes pour peu qu'ils ne déraillent pas. Les jeunes qui bossaient avec lui étaient malins, curieux, vaillants. Cela roulait et les pages « Air du temps » avaient le bonheur d'être plutôt bien classées dans les audits et les enquêtes que commandait sans cesse le journal sur lui-même. De fait, l'ambiance était au beau fixe dans ses quartiers. Ce n'était pas le cas partout.

Non loin de son bureau, Solange Bernard faisait régner la terreur. À la tête du service « Société », cette quinquagénaire élancée et blonde, coiffée avec un carré évoquant les « working girls » des années quatre-vingt, menait à la cravache une petite troupe d'une dizaine de collaborateurs apeurés et au bord du *nervous breakdown*. Impressionnée par les mutations et les adaptations qui bousculaient le métier, Solange ne voulait pas rater le train en marche, le tournant des nouvelles technologies, des nouvelles offres, des nouveaux formats, de toutes ces sornettes que d'habiles consultants avaient refourguées aux dirigeants de *L'Hebdo* comme d'autres refourguent de la drogue. Les effets étaient plus ou moins les mêmes : de l'excitation, de l'angoisse, du manque, de l'addiction, la crainte du lendemain, la quête du toujours plus avec toujours moins, la paranoïa, les hallucinations, la schizophrénie. La chef de service inondait ses subordonnés de consignes obsolètes le lendemain et remplacées par d'autres appelées à disparaître à leur tour. Avec elle, le vrai devenait presque instantanément un moment du faux. Rien n'était solide, n'avait de permanence. Quand elle ne surgissait pas devant l'un de ces malheureux sous ses ordres pour le morigéner, elle le bombardait de mails, en général écrits en majuscules, surlignage et points d'exclamation à la clé. La violence du procédé, alors que les deux interlocuteurs n'étaient séparés que de quelques mètres, était aussi brutale que perverse. La disgrâce tombait sans raison, du moins sans raison compréhensible pour un cerveau rationnel. Personne ne savait comment satisfaire ce dragon et ses injonctions contradictoires. À d'autres moments, elle se révélait douce, familière, presque maternelle avec certains. Ce qui ne faisait que renforcer la détresse et la solitude des bannis, mais les rôles s'inversaient parmi les employés. La caresse et le fouet : au final, tous la détestaient.

« La pute », « la salope », « la dingue », « la vieille peau » désignaient celle qui se nourrissait de graines et de smoothies en songeant aux notes de service et aux directives à venir. Les arrêts maladie se succédaient, les procès pour harcèlement moral n'étaient pas loin, mais la Bernard était protégée par un ponte du journal auquel, disait-on, elle prodiguait quelques faveurs. D'autres usaient de codes – Imelda (pour Imelda Marcos) ou Elena (pour Elena Ceausescu) – afin de nommer cet être dont on ne pouvait trancher si l'inné ou l'acquis l'emportait dans le mélange de méchanceté et de bêtise qui la constituait. Patrick avait opté plutôt pour l'acquis. Le monde tel qu'il allait créait selon lui ce type d'individus toxiques, instables, anxiogènes, stupides, dangereux. C'était un processus chimiquement pur. Les écrans, la publicité, les réseaux sociaux, les émissions débiles de la télévision, le buzz, les propagandes, les discours viciés avaient fait leur œuvre. Puis les saloperies que l'on mangeait, que l'on buvait, que l'on respirait, toute cette chimie lourde, ces poisons quotidiens désignés sous les termes quasiment neutres de pesticides ou de perturbateurs endocriniens complétaient l'entreprise et détraquaient les cerveaux. Ce n'était pas un complot. Non, cela aurait été trop simple. Juste le cours des choses, la marche en avant logique d'un monde fini qui se croyait infini.

Ce constat désabusé ne gâchait pas l'humeur débonnaire de Patrick qui préférait rire que se lamenter ou désespérer jusqu'au bout. À bientôt cinquante ans, il savait qu'il ne verrait pas la fin du spectacle, qu'il échapperait – peut-être même plus tôt que prévu – à la fin d'un monde dans lequel il avait grandi, vécu, aimé. Il lui restait quelques années à vivre en lisant ou en relisant des chefs-d'œuvre, en découvrant des films ou en revoyant inlassablement ceux qu'il aimait, en riant avec ses amis, en buvant du bon vin qui étourdit joyeusement, en mangeant de la viande et du gras sans se soucier des consignes hygiénistes. Peut-être perdrait-il quelques années « d'espérance de vie », mais au moins il ne perdrait pas l'espérance et ne se serait privé de rien avant le moment des régimes sans sel, des interdictions, des maladies et de la mort, sans doute dans un lit d'hôpital, seul, puisque l'on meurt toujours tout seul. Et puis, il lui restait vraisemblablement quelques jolies femmes à embrasser, à défaut d'amour car l'amour il s'en méfiait comme un alcoolique repenti se méfie de la moindre goutte.

Avait-il aimé Karine qui l'avait quitté près de six mois auparavant ? Du temps de leur vie commune, bien que l'expression ne convienne guère à ces trois années ponctuées de ruptures et de retrouvailles, il aurait juré que non. Elle avait dix ans de moins que lui, elle tenait une galerie dans le VIe et cultivait une allure de petite fille à la fois boudeuse et facétieuse. De leur première rencontre, précisément dans sa galerie lors du vernissage d'une exposition de photographies d'un journaliste de *L'Hebdomadaire*, il n'eut aucun souvenir, sinon celui d'une silhouette fuyante, mince, d'une robe noire et de longs cheveux châtains masquant un visage de profil. Des images qui lui revinrent, par petites vagues, après qu'elle l'eut abordé un an plus tard alors qu'il buvait un café à la terrasse du Café de la Mairie, place Saint-Sulpice.

— Vous aviez l'air soucieux l'autre jour…, dit-elle en se plantant devant sa table.

Le silence et le haussement de sourcils de Patrick eurent valeur de réponse avant qu'elle ne lui rappelle ce vernissage.

— Oui, enfin, l'autre jour, c'était il y a presque un an, répondit-il comme un enfant pris en faute. D'ailleurs, je ne crois pas que j'étais soucieux. Je devais juste m'emmerder, continua-t-il avant de l'inviter à s'asseoir.

— Vous portez toujours French Lover de Frédéric Malle à ce que je vois, enfin à ce que je sens, dit-elle dans un sourire espiègle qui eût fait fondre même un taliban.

D'où sortait cette apparition, ce phénomène ? Patrick lui sourit, héla un serveur auquel elle commanda un Campari avec glace. Quelques minutes plus tard remplies de silence et de regards, elle se leva et lui donna la carte de sa galerie en murmurant : « Passez quand le cœur vous en dit », avant de filer à petits pas pressés telle une souris craignant d'être attrapée. Il passa le lendemain, le cœur lui en disait depuis la veille. Il était tombé sous le charme comme l'on tombe sous la mitraille. Les premiers temps, ils ne se quittèrent pas. Elle le couvrait de mots doux et de caresses, il trouvait qu'elle ressemblait à Audrey Hepburn – les cheveux plus longs – dans *Petit Déjeuner chez Tiffany*. Sa drôlerie, sa grâce, son élégance ne couraient pas les rues. Ensemble, ils burent beaucoup, firent l'amour avec délicatesse, s'attablèrent aux meilleurs restaurants. Karine glissait de la magie dans le quotidien, puis elle disparaissait. Une semaine, un mois, parfois plus. Elle ne répondait plus au téléphone ni aux SMS ou aux messages. Une employée tenait la galerie durant ces périodes qu'il baptisa « Bermudes », comme le triangle qui avait vu disparaître, disait-on, de si nombreux avions et leurs passagers. Patrick se félicitait alors que d'un commun accord, n'ayant jamais eu le besoin d'être formulé, chacun ait conservé son appartement. Un jour, elle refaisait surface, en général par un SMS. Les premières fois, il demanda des explications. « J'avais besoin d'être seule », « Je devais régler certaines choses » et d'autres formules aussi floues que laconiques tenaient lieu de justifications. Après, il se fit à ses fugues imprévisibles jusqu'à la dernière, à laquelle il répondit au bout de dix jours avec un SMS définitif – « Bon vent, je ne veux plus te voir » – qui ne suscita aucune réaction visible. Quelques semaines plus tard, il vit en passant devant la galerie que celle-ci avait été vendue.

Elle attendait son nouveau propriétaire et sa nouvelle activité. Qu'était devenue Karine ? Où était-elle ? À son grand dépit, Patrick découvrit ce jour-là qu'il avait été amoureux d'elle et que son cœur, une nouvelle fois et à son corps défendant, était brisé.

IV

Deux jours après la réception du SMS de Fred, Patrick se décida à appeler son ami. C'était un vendredi en fin de matinée et le climat au journal basculait doucement vers le week-end où seuls des journalistes de permanence tenaient la maison. Après les banalités d'usage et quelques informations sur l'événement du printemps pour lequel le futur quinquagénaire avait déjà loué une grande demeure en plein cœur de la ville, ils passèrent aux nouvelles des proches et de la famille. Marine, la fille aînée de Fred, avait déjà dix-neuf ans, la cadette, Pauline, douze ans. Leur mère, Alexandra, tenait toujours son agence immobilière tandis que Fred ne cessait de faire prospérer sa société spécialisée dans l'événementiel.

— Et Catherine ? demanda ce dernier.

— Ce n'est pas Catherine, mais Karine. Enfin, c'était. On n'est plus ensemble.

— Ah… Désolé.

— Pas moi. Cette fille était une chieuse.

À quarante-huit ans, Patrick disait « fille » à propos de presque quadragénaires.

La dernière fois que Patrick et Fred s'étaient vus, c'était bien deux ans avant au Ribouldingue, ce restaurant du Ve spécialisé dans les abats, niché dans une rue où avait habité Claude Nougaro.

La première fois, Patrick ne l'avait jamais oubliée. Jour de rentrée 1985 au lycée Saint-Sernin. Fred redoublait sa terminale. Sans cela, ils ne se seraient sans doute jamais connus. Ils sympathisèrent aussitôt. Patrick lui présenta son ami Éric et ces trois-là ne se quittèrent plus. Ensemble, ils usèrent du cinéma comme d'une drogue dure. Le mercredi après-midi, ils filaient à l'ABC voir les nouveaux films de Fellini, Jarmusch, Tarkovski ou Allen. Sinon, ils révisaient leurs classiques au Rex ou à la Cinémathèque de la rue Roquelaine. Le week-end étaient organisés des marathons de visionnage de VHS louées à la Fnac Wilson ou à la grande boutique de vidéo située derrière le Gaumont. Leur cinéphilie n'écartait pas les séries B et les films de genre. Cette année-là, ils découvrirent en salle *Comme un chien enragé*, *Le Sixième Sens* et *Police fédérale, Los Angeles*. Ce fut aussi l'année de *Maine Océan* et de *Double Messieurs*, deux films français ayant en commun la présence d'un acteur qui leur était inconnu et qu'ils adorèrent, Yves Afonso, au point des années durant de réciter des répliques du comédien : « Faut pas me prendre pour un con, faut surtout pas me prendre pour un con... », « Les rats, immense organisation, les rats... », « Ah, la vieille Waffen... » Patrick alla revoir *Hannah et ses sœurs* avec Florence. Il trouvait qu'elle ressemblait à Charlotte Rampling jeune. C'est durant la projection qu'ils s'embrassèrent pour la première fois.

Le soir, ils se retrouvaient souvent chez les parents de Fred, rue Ozenne. Cela tombait bien, l'ambiance était glaciale entre ceux de Patrick et, depuis le départ de son frère aîné pour Bordeaux, il avait le sentiment d'être dans la peau d'un observateur de l'ONU face à deux belligérants ne souhaitant ouvrir les hostilités devant le casque bleu. Dans la chambre de Fred, ils écoutaient des CD en fumant des clopes et en buvant du Malibu orange ou du Bushmills piqué dans le bar familial. Patrick adorait les Stones, Nougaro, The Style Council et le jazz. Fred ne jurait que par Peter Gabriel et Joe Jackson, Éric par Prince et Level 42. Dans l'ensemble, en dépit de l'aspect paradoxal du mélange, ces goûts se mariaient assez bien. Les résultats du bac tombèrent un 4 juillet, exactement dix jours après la mort de Coluche. Patrick conserva longtemps la Une de *Libé* consacrée à l'événement. Les trois amis et leurs copains fêtèrent leur réussite au cours de soirées arrosées et parfumées au haschich. Quelques jours plus tard, les parents de Patrick lui annoncèrent qu'ils divorçaient. Il avait plusieurs fois imaginé cette séparation, mais plus pour la conjurer que pour en anticiper les conséquences. Comme récompense pour le bac, ils auraient pu trouver mieux. L'appartement familial avait été mis en vente depuis un moment et serait libéré le 15 août. Cela laissait un mois pour faire les cartons. Ces deux cons avaient mijoté leur coup en douce. Faux-culs. Patrick avait le choix : vivre chez son père, chez sa mère ou avoir son propre appartement. La dernière option lui parut la meilleure ainsi que le moyen de leur faire payer, dans tous les sens du terme, ce divorce.

L'été 1986 fut vraiment pourri. Même les films n'avaient plus le même goût. Pendant que Fred et Éric passaient leurs vacances en famille, respectivement en Espagne et en Bretagne, Patrick rangeait ses livres, ses revues, ses vinyles, ses cassettes audio et vidéo, ses vêtements et visitait, en compagnie de son père ou de sa mère, des appartements dans le centre-ville. Florence aussi s'était barrée. Elle était monitrice de colonie de vacances à Canet-Plage jusqu'à la fin du mois d'août. Elle ne répondait à ses lettres qu'avec des cartes postales laconiques et l'avait averti, lors de l'une de leurs rares conversations par téléphone, que la cabine téléphonique du centre de vacances était prise d'assaut le soir par les gosses. Comme il s'en était douté, elle se pointa début septembre avec un type à l'air niais prénommé Sylvain, un moniteur de la colo, qu'elle eut le culot de lui présenter au café Saint-Sernin. Le ventre noué, Patrick s'éclipsa et emprunta la rue Saint-Bernard. Au niveau du cinéma ABC, des larmes lui montèrent aux yeux. Il se jura alors de ne plus jamais pleurer en public.

Septembre ne fut pas fameux non plus. *Les Démons de minuit,* la scie du groupe Images, passait toujours à la radio. À Paris, des attentats faisaient couler le sang et la psychose contaminait la province. Aux informations, la guerre au Liban tournait en boucle. Heureusement, Fred et Éric étaient de retour. Ils trustaient son appartement de la rue du Taur. Grâce au divorce, les trois compères avaient hérité d'un camp de base et d'un point de chute qui s'avérerait précieux pour leur entrée en fac. Ils s'étaient inscrits en histoire, au Mirail, sans avoir une idée précise de ce qu'ils tireraient de cela, mais avec la solide conviction de se payer du bon temps. Ils ne furent pas déçus. Dès le mois de novembre, l'université s'enfonça dans une longue grève. « Devaquet au piquet ! » fut le tube de l'automne. Cela leur laissa encore plus de temps pour le cinéma et les fêtes avec les potes jusqu'à ce que la mort de Malik Oussekine ne sonne la fin de la récré. Au bout de trois ans, ils avaient épuisé les charmes de cette université grisâtre et déprimante que Patrick gagnait dans les lugubres bus à soufflets de la ligne 148 quand il ne profitait pas de la Mini Austin de Fred ou de la Super Cinq d'Éric. Maintenant, il fallait passer aux choses sérieuses et enfin grandir. Patrick bifurqua vers l'Institut d'études politiques, Fred s'inscrivit dans une école de commerce et Éric à l'École supérieure d'audiovisuel. Il voulait travailler dans le cinéma, mais il n'en eut pas le temps car une leucémie foudroyante l'emporta en mai 1990, quelques jours après la profanation du cimetière juif de Carpentras. Lors de l'enterrement, Patrick avait les yeux rouges et serrait les poings, engoncé dans un costume noir. Aucune larme ne coula cependant sur ses joues. Elles coulèrent juste à l'intérieur de lui-même, comme une sorte de rétention de peine qui serait désormais sa stratégie de défense.

Tous ces souvenirs remontèrent après qu'il eut terminé la conversation téléphonique avec Fred. Sans doute était-ce la disparition d'Éric qui avait amené, les décennies suivantes, Patrick et Fred à ne pas couper les ponts, à continuer à se voir et à se parler malgré la distance quand Patrick s'installa à Paris un an après l'obtention de son diplôme de l'IEP. Le souvenir d'Éric, ce fantôme pelliculaire entre la présence et l'absence, les obligeait sans qu'aucun d'eux n'ait jamais besoin d'évoquer cette sujétion choisie. Ils pouvaient bien parfois passer un ou deux ans sans se voir, mais lors des retrouvailles les liens se rétablissaient naturellement. La fidélité et le passé commandaient. De son royaume, Éric exerçait sur eux une contrainte par esprit comme il y a des contraintes par corps.

V

La tête plongée dans sa jeunesse, Patrick se sentait accessible à une certaine mélancolie. Pour chasser cette sensation, il envoya un mail à son copain Antoine, journaliste politique installé à quelques couloirs de là. « T'es libre au déj' ? Coinstot Vino ? » La réponse ne tarda pas : « Yep, rien à foutre aujourd'hui… Tu réserves ? » Coup de chance, il était près de midi et une table venait d'être décommandée. Ils se retrouvèrent trois quarts d'heure plus tard en bas du journal et filèrent à pied vers le passage des Panoramas. En compagnie d'Antoine, ce n'était jamais triste. Il approchait des soixante ans, mais n'arborait pas cette lassitude blasée ni le cynisme qui gâtaient tant de journalistes. Curieux de tout et joyeux, il pratiquait son métier avec un enthousiasme d'autant plus remarquable que le monde politique qu'il fréquentait depuis si longtemps ne suscitait pas spontanément des motifs de satisfaction. Trop intelligent pour être dupe, Antoine n'entretenait aucune illusion sur les politiques qu'il côtoyait et sur le système dans lequel ils évoluaient. Pour un homme ou une femme digne d'intérêt, cultivé, structuré intellectuellement, dénué de narcissisme, dévoué à la chose publique, il fallait compter vingt abrutis ou gredins. Comme Patrick, Antoine avait pratiqué la négritude politique. Sans le savoir à l'époque, c'est même à Patrick qu'il dut le privilège de faire ses débuts de nègre en 2004 après que ce dernier avait abandonné la rédaction d'un livre pour un ancien ministre de la Chiraquie passé de mode.

Installés dans un coin du restaurant, ils se remémoraient l'épisode et s'échangeaient des anecdotes sur l'olibrius.

— Avec sa maîtresse attitrée, Roche avait saccagé une chambre d'hôtel en province après une nuit sado-maso. L'hôtel a envoyé la facture au ministère ! lança Antoine en plantant sa fourchette dans une crépinette de pied de porc.

— Et quand Luc Ferry l'avait balancé, sans le citer, sur le plateau de Canal en racontant que le microcosme savait qu'un ministre s'était fait « pesquer » dans un palace de Marrakech avec un gosse et qu'on avait dû l'exfiltrer illico en avion privé… Comme tout le monde pensait qu'il s'agissait de Jean Perthuis et non de Roche, ce pauvre Ferry avait été obligé de disculper Perthuis ! Et l'histoire au Mémorial de la Shoah à Jérusalem !

— Arrête ! J'y étais ! Ce con-là voit la liste des déportés par pays et demande pourquoi il n'y a pas l'Angleterre dans la liste. On lui répond que l'Angleterre n'a pas été envahie par les nazis et là, royal, il lance : « Et ils n'ont pas déporté de Juifs quand même ? » Venant d'un type plus fin, cela aurait pu passer pour une mauvaise tentative d'humour juif, mais avec ce crétin… La honte. Ce n'est pas pour rien qu'on le baptisait « le con d'Orsay ».

— Il y a eu aussi le discours devant le Premier ministre de Slovénie. Roche ne parlait que de la Slovaquie… Pas grave, ils ne sont pas susceptibles sur ces détails dans les Balkans !

La bouteille de la cuvée Glaneurs du domaine des Foulards rouges était solidement entamée quand ils passèrent aux affaires en cours. Antoine enchaîna.

— Tu sais, j'ai déjeuné avec Brassard l'autre jour. Quand il s'était fait débarquer de la radio car son émission n'avait plus d'audience, il était allé chouiner auprès de Hollande tout juste élu pour dire que Sarko l'avait viré à cause de ses convictions socialistes. Du coup, le Château a cru bon de l'embaucher en tant que conseiller spécial chargé des commémorations historiques. Tu vois d'ici le tableau : en quatre ans, il a barbouillé cinq ou six discours, organisé des déjeuners avec des écrivains et des sportifs…

— Il écrit des livres aussi, non ? demanda Patrick.

— Oui, d'ailleurs, certains ne sont pas mal. Brassard est dingo, complètement mégalo, tout en étant un vrai courtisan qui fait de la lèche, mais ce n'est pas le pire au Palais. Enfin bref, je lui ai quand même demandé comment il avait eu l'idée saugrenue d'inviter un rappeur débile, qui avait écrit des textes homophobes et promettant la mort aux « kouffars », pour chanter à la cérémonie de commémoration de Verdun… Tu te souviens du barouf ? Brassard a failli sauter à ce moment-là. Tu sais ce qu'il m'a répondu ?

— « Pas d'amalgame » ?

— Non. « Il faut donner des modèles à la diversité du pays… »

— Quel âne…

— Là, comme les autres, il s'apprête à faire les cartons, mais il m'a dit que la sinécure à l'Élysée lui avait laissé le temps d'écrire un livre sur son expérience.

— Ça promet.

Puis ils passèrent à la campagne présidentielle qui occupait les esprits. Emmanuel Macron venait de se déclarer, la droite allait choisir son candidat.

— J'ai bien peur qu'on se retrouve avec Juppé après la primaire. Tu te rends compte : il était

Premier ministre en 1995, ministre en 1986. Trente ans plus tard, le mec est toujours là, c'est désespérant, lança Patrick.

— Sarko est fichu, il avait un boulevard, mais il est plombé par les affaires. Juppé, oui, en principe, mais attention à Fillon. Il remonte dans les sondages.

— Tous ces types ont été ministre, Premier ministre ou président. Cela fait des années ou des décennies qu'ils sont aux affaires et là ils te disent : « Attendez, cette fois, ça va être bien. » On ne voit ça dans aucun autre pays.

— Au moins, dans six mois, on n'a plus Hollande, se félicita Antoine.

— Je mettrais bien une pièce sur Macron. Il a tout compris. Tu te souviens de son interview il y a plus d'un an au journal de Fottorino ? Il expliquait que depuis qu'on avait guillotiné Louis XVI, le pouvoir n'avait plus été incarné, sauf par de Gaulle, et que les Français étaient orphelins car ils n'avaient pas voulu la mort du roi. Pas mal, non ? Il était ministre de Hollande quand il a dit ça et ce con-là n'a même pas moufté... Il peut réussir ce que Chevènement a raté en 2002 avec son ni droite ni gauche et « les républicains des deux rives ».

— Je n'y crois pas. Il n'a pas de parti derrière lui, il est trop jeune, il n'a jamais été élu et le ni droite ni gauche déroute les gens.

— Selon moi, ce sont autant d'atouts. Tu vois vraiment Juppé ou Fillon président ? Cela me paraît incroyable.

La bouteille de Foulards rouges était tombée, ils commandèrent deux verres de vin avant les cafés. Vingt minutes plus tard, ils étaient sur le boulevard Haussmann, en face du musée Grévin.

— Tu rentres au journal ? demanda Patrick.

— Non, chez moi.

— OK, bon, moi j'y retourne, j'ai des papiers à lire avant de les envoyer à la maquette. Bon week-end, camarade…

Dans son bureau, il valida deux articles de pigistes, en commanda d'autres pour les éditions à venir, relut sa chronique de la semaine suivante puis appela son vieil ami Marc. Patrick avait promis à une attachée de presse qu'il serait présent à la soirée de lancement d'un nouveau bar à cocktails dans le Xe. C'était le compagnon idéal pour cette petite sauterie. Avec Marc, agent d'assurances de son état, un type qui avait une tête à cacher une fronde et des boules puantes dans les poches de sa veste, ils cultivaient un goût de la pochade et du canular hérité de leur jeunesse. Lors de pince-fesses ou de soirées assommantes, Patrick donnait le départ.

— Je vous présente Marc, il est le chauffeur de Jean-Marie Le Pen.

La gueule des gens.

— Jean-Marie est très sympa dans le privé, enchaînait l'autre. Vous savez que ses domestiques sont noirs et que son garde du corps est juif? Moshe, un ancien du Mossad. Il connaît des blagues à se tordre. Vous connaissez celle où Mengele visite Auschwitz et...

À ce moment-là, en général, le ou les interlocuteurs avaient déjà tourné les talons.

Évidemment, les scénarios pouvaient varier.

— Je vous présente Marc, un vieil ami. Il sort de prison et au bout de quinze ans, il a bien sûr perdu des contacts. Comme il cherche un petit boulot, j'ai pensé à vous...

Marc pouvait encore endosser la défroque d'un gourou d'une secte, d'un sourd et muet, d'un prêtre excommunié, d'un écrivain albanais réfugié politique ou d'un embaumeur dépressif avec la même conviction.

Ce soir-là, ils restèrent sages et se contentèrent de boire trois cocktails étranges en observant le ballet des précieux et des précieuses, des pique-assiettes et des mondains d'occasion.

— T'as un ticket avec la blonde, annonça Marc en pointant du regard une jolie jeune femme à l'air mutin qui observait le tandem en donnant effectivement l'impression qu'elle attendait un premier contact.

— Elle pourrait être ma fille.

— Et alors, tu préférerais qu'elle ressemble à ta mère ? Avec tout le respect que je lui dois.

— T'es trop con.

— Je sais, c'est pour ça que tu m'aimes. Bon, qu'est-ce qu'on fait alors ? On se cuite avec d'autres cocktails ou on va manger un morceau ?

— Il est plus de neuf heures, je suis crevé. Je crois que je vais rentrer et regarder un DVD.

— Ah, le p'tit vieux ! J'dis pas que sur la fin, il avait pas un peu baissé le Patrick... Je reste un moment, je vais tenter ma chance avec ta dulcinée.

— Entendu, allez, la bise...

Dehors, Patrick hésita. Il ne se sentait pas la force de prendre des lignes de métro encombrées. À pied, il lui faudrait au moins quarante minutes. Quant à un taxi, en ce vendredi soir, ce n'était pas gagné. Finalement, une lumière verte le sauva et le ramena chez lui. Il n'avait pas faim. Il ouvrit une bouteille de muscadet et s'installa dans le canapé en cuir après avoir glissé dans le lecteur Blu-ray le DVD du *Genou de Claire* de Rohmer qu'il n'avait pas revu depuis au moins quinze ans. Il reconnut Béatrice Romand. Quel âge avait-elle à l'époque ? Là, on pouvait lui donner quinze ou seize ans. Elle était sacrément craquante. Il repensa à la blonde du bar. Et si Marc avait eu raison ? Laurence de Monaghan dans le rôle de Claire n'était pas mal non plus, mais d'une beauté plus évidente et par là même moins troublante. Idem pour l'actrice qui jouait Aurora avec une sensualité latine trop expressive. Au troisième verre de muscadet, il lutta pour ne pas s'endormir. Le film terminé, la vacuité de son existence le prit à la gorge. Dans Paris, des gens parlaient, se rencontraient, mangeaient, s'aimaient, se disputaient. Et lui dans tout ça ? Quel était son rôle en dehors du journal ? Il y avait bien son fils Sébastien. Des amies de passage, ses vieux copains, mais il avait l'impression de n'être qu'un spectateur, un figurant, un technicien obscur, l'un de ces noms que l'on voit défiler aux génériques de fin des films et que personne ne prend le soin de lire. La trace qu'il aura laissée sur terre ne sera pas encombrante, songea-t-il en se dirigeant vers la chambre et en espérant y trouver un sommeil profond.

VI

Le lendemain, Patrick attendait son fils. C'était son tour de garde, quinze jours. Avec son ex-femme, ils avaient institué cette rotation depuis son entrée en maternelle. Avant, c'était elle qui avait la garde. Patrick ne s'en était pas plaint et avait vu grandir Sébastien de loin. Il avait deux ans quand ses parents avaient divorcé, il avait vécu les deux années suivantes en compagnie de baby-sitters et auprès de sa mère. Papa ne fut alors qu'une silhouette récurrente le faisant tourner dans ses bras, lui achetant des jouets et des bonbons, l'amenant à la plage ou à la montagne deux semaines pendant l'été, ou encore durant des week-ends aux domiciles respectifs des grands-parents paternels de Sébastien. C'était suffisant pour lui constituer un lot de souvenirs. Du moins, le père avait voulu s'en convaincre. Le soir de sa naissance, il s'était saoulé avec des copains dans un bar du VIe. Les bouteilles de Drappier tombèrent à un rythme élevé. Une cuite de compétition. Ensuite, il s'attela à la fin de son roman. Fin janvier, Sanders accueillit le manuscrit comme s'il venait de lire le prochain prix Goncourt.

— Un fils et un roman dans la même année, tu n'oublieras pas cette époque. Profites-en, ce sont les meilleurs moments, lui confia l'éditeur.

En fait, cette époque marqua le début de la fin de son couple. Le 23 août 2000, *Sans laisser d'adresse* sortit en librairie. Un an plus tard, presque jour pour jour, Patrick et Claire divorçaient. Entre-temps, il y avait eu les interviews, les salons, les rencontres en librairie qui se succédaient. Puis le journal, la vie mondaine, les soirées dérivant en nuits blanches. Claire n'en pouvait plus, il la comprenait sans se l'avouer. Les ventes du livre ne payèrent pas les frais d'avocats, ni la pension alimentaire et le loyer de son nouvel appartement. Patrick était alors dans une lessiveuse. Il affrontait chaque journée comme un saut d'obstacle et l'alcool était un compagnon précieux. Un vrai somnambule sur lequel la vie passait en courant d'air. Même le 11-Septembre ne lui arracha qu'une attention distraite. Sa propre existence lui semblait en ruines, en lambeaux. Vingt-cinq ans après le divorce de ses parents, il avait reproduit le schéma. Pas de quoi être fier. Eux, au moins, avaient tenu jusqu'au baccalauréat de leur fils. D'une génération à l'autre, la patience diminuait. Quelle misère.

Sébastien fut un enfant calme, rarement capricieux, ne cherchant pas à tirer à son profit les tensions et les rivalités entre ses parents. Il se gardait aussi, autant que possible, d'afficher sa tristesse devant eux. Sans le savoir, il perpétuait une posture de son père : *never explain, never complain.* Sa scolarité fut toujours facile, parfois brillante. Il ne traversa pas de ces crises d'adolescence qui font regretter d'avoir des enfants, accepta les compagnes et compagnons que ses parents lui présentèrent. Enfin, sauf une fois. Il avait onze ans et son « beau-père » du moment l'engueula vertement parce que le gamin avait amené l'un des DVD du zigomar, *Le Seigneur des anneaux*, chez un copain pour l'oublier là-bas. Le type lui hurla dessus en le secouant par le bras : on ne touchait pas à ses DVD, point barre. C'était un samedi, peu avant 18 heures. Sébastien envoya un SMS à son père : « Il est vraiment con ce Paul. » Patrick appela aussitôt et son fils, sanglotant, lui relata l'anecdote. « Rien de grave, mon grand, j'arrive tout de suite. » Moins d'une demi-heure plus tard, il déboula avenue Mozart dans le XVIe et sonna à l'interphone.

— C'est Patrick, le père de Sébastien, je viens chercher un truc…

— OK, je vous ouvre.

À peine entré, Patrick empoigna le beau-père par le col de la chemise et le plaqua contre un mur du couloir.

— Écoute-moi bien, espèce de sous-merde, tu ne touches plus jamais à mon fils, tu entends ? Parce que la prochaine fois, ton DVD, je te le fais bouffer, mais vraiment bouffer. Tu le prendras dans ta gueule de rat et tu l'avaleras, en petits morceaux…

Il relâcha son étreinte, l'autre sembla s'affaisser, émit un léger couinement puis fila dans la cuisine. Sébastien avait observé la scène sans rien dire.

— Séb, elle est là ta mère ?

— Non.

— Bon, habille-toi, prends un blouson, on va au ciné. Je te ramènerai demain soir, j'appelle ta mère.

Pendant que l'enfant filait dans sa chambre, Patrick appela Claire, mais tomba sur le répondeur.

— C'est moi, ton connard de mec a brutalisé Sébastien et l'a fait pleurer pour une histoire de DVD à la con. J'ai expliqué à cet abruti qu'il ne faut pas qu'il recommence. Je prends le gamin jusqu'à dimanche soir.

À l'Action Christine, on repassait *Honkytonk Man* de Clint Eastwood. Ensuite, ils allèrent au McDo.

— Alors, c'est quand même mieux que *Le Seigneur des anneaux*, non ?

— C'est bien, mais c'est triste. Je ne voulais pas qu'il meure à la fin.

— Tu sais, tout le monde meurt à la fin. Et puis, lui, il ne meurt pas vraiment. Sa musique continue à exister, il va devenir célèbre.

— D'accord, mais c'est quand même triste.

— C'est drôle aussi, la scène avec le flic et le coffre de la voiture… Bon, on va rentrer, mon chéri, il est tard.

Sur le chemin du retour, le père fit la leçon au fils.

— Tu sais, la violence ne sert à rien. Ce n'est pas comme ce que j'ai fait tout à l'heure qu'on règle les problèmes. Il faut parler, échanger calmement, écouter l'autre…

Sébastien éclata de rire, un rire cristallin et innocent.

— Je sais, papa, ne te fatigue pas…

— Cela dit, il peut y avoir des exceptions. Comme avec ce connard de Paul…

Le père et le fils ricanèrent de concert puis se tapèrent dans la main.

Le lendemain soir, à 19 heures, Patrick déposa Sébastien chez Claire. Il attendit quelques minutes dans la voiture, puis démarra. Une heure plus tard, après avoir monté les marches jusqu'au troisième étage, alors qu'il s'apprêtait à ouvrir la porte de son appartement, un SMS éclaira le couloir où la lumière venait de s'éteindre. « Merci papa, t'es vraiment génial. » Patrick sourit, le cœur serré, en ayant envie de prendre son fils dans ses bras. Il conserva le SMS près de deux ans avant de le perdre, malgré lui, en changeant de téléphone.

Sébastien était vraiment un bon garçon. Il épargna à son père la mode de la tecktonik, des jeans baggy ou des tatouages qui proliféraient déjà sur des gamins de son âge. Et lui, avait-il été un bon père ? Il n'en était pas sûr, mais se rassurait en observant son fils. Sa mèche sur les yeux lui rappelait ce poème d'Aragon que lui avait fait découvrir son ami Bernard : « *Le temps des jeunes gens leur est une mèche toujours retombant dans les yeux.* » Bien sûr, il l'horripilait parfois à cause de son usage compulsif du smartphone et de son ordinateur. Cependant, il devait reconnaître que les prouesses de Sébastien dans le monde des nouvelles technologies lui avaient donné accès à des sites de streaming sur lesquels il pouvait voir à peu près toutes les séries et les films du monde. Les deux s'échangeaient des noms de séries à voir de toute urgence. Là-dessus, ils n'avaient pas échappé au mouvement général. Quand le jeune homme ne révisait pas, le père l'emmenait au Parc des Princes, au cinéma, au Bon Marché ou à la boutique Ralph Lauren de la place de la Madeleine où il lui achetait des chemises et des polos. Devant ce gosse tendre, généreux et amusant, Patrick espérait qu'il n'aurait pas à pâtir de ces mêmes qualités dans un monde qui devenait chaque jour plus inhumain, insensible, cynique, brutal, vulgaire.

La serrure émit un bruit de clé. Patrick quitta le canapé du salon où il lisait *Le Figaro Magazine* pour accueillir Sébastien.

— Comment ça va, mon grand ? Bon, j'avais la flemme de cuisiner, je t'emmène déjeuner au Bande à part à côté. Ça te va ?

Sébastien approuva, fila dans sa chambre déposer son sac puis rejoignit son père. Ils descendirent la rue Monge puis bifurquèrent vers la rue des Écoles. Un vent annonçant l'hiver giflait les joues sous une lumière blanche à peine atténuée par le gris de quelques nuages.

En poussant les portes du Bande à part, une chaleur de plats mijotés et de conversations arrosées leur sauta aux visages. Une serveuse indiqua une table près de la vitre donnant sur la rue, le genre de poste où, si l'on n'a rien à se dire, le passage des piétons offre une distraction. Patrick commanda des harengs-pommes à l'huile puis une blanquette de veau, Sébastien opta pour des huîtres gratinées au pied de porc et une poire de bœuf aux anchois. Le tout serait arrosé par un beaujolais de Jean-Claude Lapalu. Le patron, Jean-Michel, vint saluer la table.

— Alors les poètes, ça gaze ?

L'énoncé de la commande le rassura.

— Bon, on se boit un p'tit coup après si vous êtes pas pressés.

Le père et le fils attaquèrent leurs entrées avec détermination, le beaujolais les réchauffa.

— Tu as avancé sur tes études ?

— Oui… Je crois que je vais faire droit. Ce n'est pas top, mais toujours utile. Et puis, je peux tenter Sciences-Po ensuite.

— Tu as raison et le lieu commun n'est pas faux : le droit mène à tout.

À la fin du repas, Jean-Michel tint sa promesse. En jaugeant le bol de riz au lait nettoyé par Sébastien, il s'adressa au père :

— Et toi, pas de dessert. Tu prépares le Marathon de Paris ou quoi ? Allez, on se boit un godet. Rouge ou blanc ? On reste sur le rouge. Amandine, trois verres du primeur de Comor s'il te plaît ! Non, amène une bouteille plutôt.

Jean-Michel était de ces patrons de restaurant à l'ancienne. Amical, brutal, direct, tête de mule, attachant. À l'image d'ailleurs de la cuisine qu'il proposait. Par l'un de ces retournements que les modes infligent, ce qui avait été perçu naguère comme rédhibitoire était devenu tendance. Puis, cela se retournerait encore. Patrick s'en fichait. Il venait depuis l'ouverture, voilà presque quinze ans, et ne s'en lassait pas, ayant la sensation chaque fois qu'il poussait la porte du Bande à part de retrouver une certaine France d'avant. L'endroit était aussi fréquenté par des bobos et hipsters quadragénaires aux allures à peu près interchangeables : barbes plus ou moins fournies, cheveux grisonnants, chemises à carreaux ouvertes sur des tee-shirts, bonnets, lunettes, smartphones comme un prolongement naturel de la main… Un soir – Patrick était là –, l'un de ces types pensa faire plaisir à Jean-Michel en le félicitant, au moment de l'addition, pour le nom de son restaurant qui rendait hommage, pensait-il, au film éponyme de Godard. L'occasion était trop belle. Jean-Mi endossa son meilleur rôle et prit le restant de la salle à témoin.

— Non mais, écoutez-moi ce baltringue ! Bande à part, comme le film de Godard ! Et pourquoi pas comme le film porno ? En cherchant sur ton téléphone, tu vas bien me trouver deux ou trois films de boules qui ont ce titre, non ? Tu sais, gamin, enfin je t'appelle gamin, mais tu m'as pas l'air tout jeune quand même, la vie a pas commencé en 68. Mon troquet, il s'appelle Bande à part en référence au roman de Jacques Perret, prix Interallié 1951, s'il vous plaît ! Et tu connais le pedigree de Perret ? Rien à voir avec Pierre : il a été boxeur, orpailleur, pêcheur de bonites, porteur de bananes, écrivain, soldat en 40 et surtout résistant. Maquisard de la première heure avec ses copains, c'est ce qu'il raconte dans *Bande à part*. Et puis il était aussi monarchiste et catholique, le gazier. Tout pour te plaire, non ? Tu saisis maintenant, ma couille ? Mon bouclard n'a rien à voir avec « le plus con des Suisses prochinois » ! Tu dois pas savoir non plus de qui elle est celle-là ! De Guy Debord ! Et moi, Guy Debord, j'ai bu des godets avec ! Et pas qu'une fois ! Allez, prends ton ticket de carte bleue l'insoumis et fous-moi le camp avec tes potes… Je parle pas aux cons, ça les instruit, comme disait l'autre.

Une salve d'applaudissements s'élevant de la salle et quelques éclats de rire célébrèrent la tirade. Le pauvre client sonné par la charge revint vers sa table et s'adressa à ses commensaux :

— Allez, on se casse. Je ne remettrai plus jamais les pieds chez ce vieux réac.

Une nouvelle vague d'applaudissements accompagna le départ des intrus. Ce fut l'un de ces bons moments qui forgeaient depuis des années la réputation du Bande à part.

Quand la bouteille du primeur de Comor arriva sur la table, Patrick demanda :

— Séb, tu veux qu'on aille se balader ? Voir un film ?

— Non, c'est bon. Je vais rentrer dormir une heure, j'ai trop mangé, puis je bûcherai.

— OK, moi je reste un petit peu et j'irai faire un tour…

Sébastien avait deviné la nature du petit tour en question et en sortant il croisa Guillaume Maréchaux qui entrait dans le restaurant. Il avait été ou était critique gastronomique, journaliste de presse écrite et de radio, présentateur d'une émission de télévision qui lui avait valu des années auparavant une célébrité aussi massive qu'éphémère. Désormais, Maréchaux était une star que plus grand monde ne reconnaissait. Visiblement, il avait déjeuné – ce qui semblait logique alors que l'horloge annonçait 15 heures – et surtout pas mal bu. Légèrement titubant, il embrassa chaleureusement Jean-Mi puis donna l'accolade à Patrick.

— Ah, mon Patrick ! Ça fait longtemps ! Comment vas-tu ?

— Ici, toujours bien, tu sais.

Jean-Mi alla chercher un autre verre et un cendrier tout en allumant une cigarette et en s'adressant au personnel :

— C'est bon, je m'occupe de tout. Rendez-vous à 18 h 30 pour la mise en place et soyez à l'heure !

Ils descendirent la bouteille de primeur, Jean-Michel alla chercher un vin d'Auvergne devenu introuvable et le trio trinqua en s'échangeant des souvenirs vieux comme le monde et fragiles comme du cristal.

— Mazette, si nous on ne se souvient pas de ça, qui s'en souviendra ? demanda Jean-Mi avec cette pertinence que confère parfois l'ivresse.

— Cela pourrait être ma devise, rétorqua Patrick.

— Putain, ce sera le sujet de ma prochaine chronique radio ! s'exclama Maréchaux.

Ils trinquèrent encore. La nuit était tombée, il était 18 heures et les employés n'allaient pas tarder à faire leur retour. Maréchaux se leva et sortit en psalmodiant avec grandiloquence une phrase en latin, Jean-Mi fila aux toilettes, Patrick profita de cette pause pour s'éclipser à son tour afin d'éviter l'ouverture d'une nouvelle bouteille.

Il n'était qu'à quelques centaines de mètres de chez lui, mais le chemin du retour lui sembla une course d'obstacles. Il faudrait faire bonne impression devant Sébastien, ne pas trop trahir l'ivresse dans laquelle il nageait depuis au moins deux heures. En marchant dans la rue Monge, il songea à nouveau à ce poème d'Aragon : « *Quand j'étais jeune on me racontait que bientôt viendrait la victoire des anges/ Ah comme j'y ai cru comme j'y ai cru puis voilà que je suis devenu vieux.* »

VII

Depuis les fenêtres de son bureau, Laurence regardait la Seine auréolée ce matin-là d'une couleur marron clair. C'était quand même beau, songea-t-elle en portant à ses lèvres la troisième tasse de café de la matinée. Que les eaux soient grises, marron, boueuses ou noires selon le moment de la journée, elle ne se lassait pas du spectacle. Il n'était que 8 h 10 en cette fin du mois de novembre, mais elle avait pris l'habitude depuis plus d'un an d'arriver au cabinet aux aurores, vers 7 h 30 ou un peu plus tôt encore. Après quarante ans, son quota de sommeil nécessaire s'était réduit. Elle se couchait autour de minuit, se levait à 6 heures avec France Inter puis filait une heure plus tard, à pied, au 34, quai d'Orléans. Si le temps était vraiment trop épouvantable, elle prenait la ligne 7 au Louvre et descendait à Sully-Morland. Cependant, elle préférait marcher presque une demi-heure le matin, parfois autant le soir quand elle rentrait directement chez elle, rue de Bourgogne. À 9 heures arriveraient sa secrétaire, Sylvie, son employé, Me Tilloy, et l'avocate stagiaire, Victoire. Avant cela, elle avait eu le temps d'avancer dans un dossier ou deux, d'éclaircir son planning, d'envoyer des mails, de parcourir la presse sur Internet, avec le sentiment de satisfaction que ressentent les gens qui se lèvent tôt. Laurence n'était pas dupe de cette piètre satisfaction. Elle lui était offerte car elle était célibataire, sans enfants, sans amoureux fixe. Personne ne la retenait sous les draps par des étreintes ou des rires. Des pleurs ne la faisaient pas non plus se lever d'un bond pour se ruer vers la chambre voisine. Elle avait connu cela. C'était un autre temps, une autre Laurence. Désormais, elle ne vivait que pour elle, que pour son métier. Le cabinet prospérait, l'argent affluait. Logiquement, elle aurait dû embaucher depuis longtemps un autre avocat pour seconder Stéphane Tilloy, voire envisager de s'associer avec un confrère, mais elle voulait conserver son étude dans ses dimensions et ne pas quitter ce morceau d'île Saint-Louis qu'elle aimait tant.

Elle avait bénéficié de quelques relations afin de s'installer au deuxième étage de ce vieux et bel immeuble du quai d'Orléans au début de l'année 2003. Auparavant, il s'agissait d'un appartement qui avait été notamment occupé par un écrivain puis par un acteur de cinéma. Grâce à des procédures bien orientées, l'endroit devint un cabinet d'avocat quatre mois à peine après que Laurence avait prêté serment, à l'automne 2002. Des amis et des relations de sa famille lui ouvrirent leur carnet d'adresses et ainsi fournirent les premiers clients qui en amenèrent d'autres. Son entourage, proche et moins proche, voulait l'aider. Elle méritait cela. Il lui fallait avancer, ne pas regarder en arrière. En ce temps déjà, le droit des affaires était porteur et, par la qualité de son travail, elle imposa rapidement son nom. Les années avaient filé, son métier l'avait accaparée comme un refuge, une fuite. Seuls quinze jours de congé l'été et une semaine durant les fêtes de Noël, où elle retrouvait ses parents à Lyon, interrompaient ce rythme de stakhanoviste qu'elle s'infligeait tel un sportif de compétition. Dans cette existence bien réglée, pleine de dossiers, de rendez-vous et de plaidoiries, les hommes n'avaient guère compté. Après son divorce, elle avait attendu presque deux ans avant d'en prendre un dans ses bras. Il s'appelait Benoît ou Bruno, ne parlait que de son métier d'ingénieur aéronautique, disait souvent « au niveau de », riait à ses propres blagues, mais il était beau. Les jours suivants, elle ne répondit pas à ses appels ni à ses messages. Les autres ne furent pas plus marquants, à l'exception d'Antoine, un caviste qui l'initia au vin et en compagnie duquel elle s'offrit quelques week-ends dans des capitales européennes l'espace d'un printemps, et d'Emmanuel, avocat lui aussi, avec lequel elle passa une semaine à Séville lors d'un mois d'août où la température ne descendit jamais en dessous des 40 °C. De son ex-mari, Matthieu, Laurence recevait chaque année une carte de vœux manuscrite dans laquelle il lui souhaitait le meilleur et elle répondait avec des formules du type « J'espère que tu vas bien. Prends soin de toi. Je t'embrasse » qu'un observateur extérieur aurait pu prendre pour des conventions d'usage, mais qui étaient pourtant d'une sincérité absolue. Ni l'un ni l'autre n'auraient pu en écrire plus sous peine de réveiller des souffrances et des feux mal éteints que tous deux avaient tenté de couvrir de cendres.

Elle et lui s'étaient rencontrés sur les bancs de l'Institut d'études judiciaires, ils se marièrent dans le Gers, d'où il était natif, en juin 1997. Matthieu était joli garçon, bon, droit, drôle, généreux. Elle l'appelait « Mon prince charmant » ou « Mon parfait » sans y mettre une once de second degré. Ils étaient avocats stagiaires et avaient pu emprunter à de bonnes conditions afin de ne pas laisser passer l'excellente affaire que constituait l'achat de ce trois-pièces spacieux situé dans la rue Boulard. C'est là que Laurence passa la fin de sa grossesse au printemps 1999 en lisant et en regardant la télévision. La guerre au Kosovo faisait la Une des actualités et elle tentait de joindre, par téléphone ou par mail, au gré de la fiabilité des communications, sa meilleure amie Mila qui vivait maintenant à Belgrade.

Étudiantes, elles s'étaient connues à Assas à la rentrée de 1992 et ne s'étaient plus quittées les années suivantes. La guerre faisait alors rage dans les Balkans, ou plutôt les guerres, car après le conflit opposant la Croatie à la Serbie allaient se greffer ceux de Bosnie où Croates, Serbes et Bosniaques s'étriperaient les uns les autres. Mila, née d'une mère française et d'un père yougoslave, enfin serbe puisqu'il fallait préciser désormais, expliquait à son amie cet enchevêtrement de haines et de violences. La jeune femme avait de la famille en Slavonie orientale, à Belgrade et à Sarajevo. Des Serbes assiégeaient et bombardaient Sarajevo d'où des cousins parvinrent à s'enfuir dès les premières semaines du siège, échappant autant aux obus lancés par leurs « frères » qu'à la menace de leurs voisins bosniaques qui les considéraient chaque jour un peu plus comme des traîtres en puissance. Plus tard, ceux de Slavonie durent aussi fuir sous l'avancée des forces croates qui, en quelques jours, à l'été 1995, chassèrent plus de 200 000 Serbes de chez eux. À Assas, durant ces années, Mila faisait profil bas, son patronyme – Pavlovic – lui pesait, surtout quand on lui demandait de quelle « nationalité » ou de quel « camp » elle était.

— Je suis française, mais mon père est yougoslave, disait-elle en général.

Ce qui ne suffisait pas à satisfaire la curiosité de ses interlocuteurs rétorquant que la Yougoslavie n'existait plus.

— Si, juridiquement, au regard du droit international, elle existe encore. Elle est toujours une république fédérale même si le territoire de celle-ci s'est considérablement réduit et que ses frontières sont soumises à l'évolution de la guerre...

Ces subtilités n'intéressaient personne et elle fut vite désignée comme « la Serbe », notamment par un petit groupe de fachos et de néo-nazis de la faculté – nostalgiques du premier État indépendant de Croatie, créé par les Allemands et leurs alliés croates, les Oustachis, en 1941 – qui voyaient, non sans raison, chez les nationalistes croates des années 1990 les héritiers de ceux de la Seconde Guerre mondiale. À Assas, la légende disait même que l'un de ces étudiants toujours habillés en noir était allé se battre auprès des Croates de Bosnie pour casser du « coco » (les Serbes) et du « musulman » (les Bosniaques). Plus prosaïquement, il se murmurait que le volontaire avait été renvoyé à ses études par des combattants ne voulant pas s'encombrer d'un nigaud n'ayant jamais manié une arme à feu et capable de se coincer un doigt dans la gâchette...

Mila ne suscitait pas plus de sympathie chez les étudiants se disant de gauche et chez les droits-de-l'hommiste qui, nageant dans le discours dominant des médias français, voyaient dans la Bosnie et Sarajevo les symboles de la tolérance multiethnique. À leurs yeux aussi, elle était « la Serbe », elle appartenait à ce peuple de criminels de guerre et d'épurateurs ethniques communiant dans le goût du sang. Milosevic n'était-il pas le nouvel Hitler « à deux heures d'avion de Paris », comme le serinaient tant de belles âmes ? Si elle avait tenté de leur expliquer que l'un de ses grands-pères avait appartenu au premier mouvement armé de résistance au nazisme en Europe, mené par le Serbe Draza Mihailovic, et qu'il était mort en héros en protégeant des agents britanniques parachutés en Serbie et en Bosnie, ils l'auraient prise pour une folle ou, au mieux, pour une affabulatrice.

Un jour de mai 1999, les bombardements « humanitaires » et les frappes « chirurgicales », opérés par la coalition internationale menée par l'Otan et à laquelle participait la France, s'abattirent à Belgrade sur l'immeuble de la télévision et de la radio nationales où travaillait Mila. Le lendemain, Laurence reçut un mail de son amie.

« Dis donc, c'était moins une ! Hier, au boulot, l'immeuble a reçu un missile ! Heureusement, j'étais en reportage sur un des ponts du Danube où des civils se regroupent pour éviter que l'Amérique et l'Otan ne les détruisent. Il paraît que la France est intervenue auprès de Clinton pour que ces dingues ne visent pas les ponts... Dommage que la France n'ait pas pu épargner mon immeuble. Je connaissais au moins une des victimes, Dara, qui laisse deux petits enfants. Enfin, je ne veux pas te polluer avec tout cela, excuse-moi. Et le bébé, c'est pour bientôt ? Embrasse Matthieu et porte-toi bien. Je t'embrasse, Mila. »

Loin de ce chaos, dans le confort de son appartement qu'elle n'avait pas besoin de plonger dans le noir le soir quand retentissaient les sirènes annonçant les bombardements, Laurence se sentait une privilégiée. Elle appartenait aux « heureux du monde », songeait-elle en se souvenant du titre de ce roman d'Edith Wharton qu'elle avait tant aimé, mais dans quel monde naîtrait son enfant ? D'ici une quinzaine de jours, Théo – puisqu'il s'agissait d'un garçon et qu'ils avaient choisi son prénom – pousserait ses premiers cris, ouvrirait les yeux, dormirait, s'agiterait, découvrirait un nouvel univers à peine compréhensible, pleurerait pour se faire comprendre, sourirait peut-être. Elle avait hâte. À ses yeux, donner la vie n'était pas un geste banal ni une obligation sociale. Avec Matthieu, ils étaient d'accord sur ce point : faire un enfant témoignait d'un acte de foi en l'avenir, d'une espérance.

L'accouchement eut lieu à la date prévue. Dans une salle voisine, Matthieu attendait assis en se malaxant les mains. Il ne faisait pas partie de ces pères qui voulaient assister à l'événement, parfois même pour le filmer. Lorsqu'une infirmière vint le chercher avec un doux sourire, il sentit son corps et son âme s'alléger, puis grandir dans un même élan.

VIII

Théo naquît le 8 mai 1999 et offrit à ses parents des mois de bonheur mêlés de fatigue avant de s'éteindre dans la nuit du 7 au 8 juillet 2000 d'une insuffisance cardiaque qui n'avait pas été décelée. L'été suivant, Matthieu et Laurence divorcèrent d'un commun accord. Ils n'arrivaient plus à se parler, à peine supportaient-ils de se voir, la présence de l'un renvoyant à l'autre le poids d'une culpabilité dont ils se savaient innocents et qui pourtant les torturaient. Ces deux fantômes drapés dans la souffrance et le malheur cohabitèrent jusqu'en janvier puis décidèrent de se séparer. Après les fêtes de Noël et du premier de l'An qu'ils passèrent seuls chez eux, au grand dam de leurs familles respectives, ils mirent en vente l'appartement. Laurence changea de cabinet, rompit avec ses amis et avec les êtres qui lui rappelaient trop le monde d'avant, le temps du bonheur, des projets et d'une certaine insouciance.

C'était une question de survie. Tous les quinze jours, elle consentait à passer le week-end chez ses parents à Lyon, avant d'espacer peu à peu ses visites.

Le divorce surgit comme une double peine, une épreuve supplémentaire, mais indispensable. La mort de Théo aurait pu les rendre inséparables, liés à jamais par le souvenir et le deuil, tels des naufragés résolus coûte que coûte à tenter d'affronter ensemble les périls. Pour eux, il n'en fut rien. Le « chacun pour soi » prévalut, non comme l'expression d'un égoïsme, d'une rancœur ou d'un rejet réciproques. Juste comme un instinct. Ensemble, ils auraient coulé, pensaient-ils alors. Il fallait partir, se sauver, dans tous les sens du terme. Peut-être se trompaient-ils, aveuglés par le chagrin, le désespoir ? Qui aurait osé les blâmer de leur décision ?

En septembre 2001, Laurence s'installa dans un petit appartement de l'avenue Mozart, dans le XVIe. Le 11 septembre au soir, elle se coucha tard après avoir zappé d'une chaîne à l'autre. Avec un sentiment de honte qu'elle ne pourrait avouer à quiconque, elle ressentit un certain apaisement face au spectacle de la tragédie. La souffrance de ceux-là allégeait un peu la sienne, du moins la distrayait. Dans le lit, elle pria, songea aux victimes des attaques et leur demanda pardon.

Les trois ou quatre années suivantes, Laurence fit chaque nuit ou presque des rêves délirants. Théo était souvent là. Il apparaissait bébé, avait sept, quinze, trente ou cinquante ans. Il était de tous les âges en compagnie de Matthieu, des parents de Laurence, de certains de ses collègues, de Mila. Dans les songes revenait le moment où Laurence grondait Théo ou se disputait avec lui selon qu'il soit enfant, ado, homme mûr ou plus vieux qu'elle. Au réveil, quand les souvenirs des rêves étaient encore prégnants, elle s'en voulait. Elle aurait aimé lui demander pardon, le consoler, le serrer dans ses bras et l'embrasser. Le Matthieu de ces nuits, lui, affichait une bonne humeur intangible, organisait des barbecues, des randonnées en montagne, des concours de fléchettes… Quant aux parents de Laurence, ils prenaient chaque fois des visages différents, se transformaient en ombres, rapetissaient, sans que leur fille ne puisse enrayer le processus d'effacement qui les frappait inexorablement.

« Je deviens folle », se disait Laurence. Et puis non, elle allait travailler, pensait à autre chose, souriait parfois, plaidait avec ferveur, sortait quelquefois avec des hommes, lisait *Le Monde* et *Le Figaro*, téléphonait à ses parents, s'achetait des vêtements et beaucoup de chaussures, se plongeait dans les nouveaux dossiers… Quatre ans après s'être installée à son compte, elle acheta à crédit un T3 rue de Bourgogne. Si tout allait bien, elle serait définitivement propriétaire dans dix ans, en janvier 2017.

Elle aurait quarante-six ans. Quelle serait alors sa vie si elle était toujours de ce monde ? Le spectacle d'enfants dans les rues, ayant à peu près l'âge qu'aurait eu Théo s'il avait vécu, la faisait moins souffrir. Parfois, elle ne les remarquait plus ou n'y pensait pas. Ce n'était pas l'œuvre d'une quelconque « résilience » promise par des sortes de gourous modernes dans des livres à succès. Juste la vie et son inexorable banalité qui fait que l'on s'habitue à tout, y compris au pire. L'idée du suicide n'effleura jamais l'esprit de Laurence même si la douleur fut à des moments intolérable. En mourant, Théo avait sacralisé la vie aux yeux de sa mère. Se donner la mort aurait été le tuer une seconde fois. Cependant, elle ne donnerait pas la vie à nouveau, elle ne serait plus jamais mère. Cette certitude l'habita au fil des ans et rien dans son existence ne vint contredire ou atténuer l'intuition.

Le 31 décembre 2004, Laurence accepta de passer le réveillon chez Mila qui vivait avec son mari Srdjan à Montmartre. Elles s'étaient revues quelques mois plus tôt lors du retour à Paris de Mila, l'une des rares personnes avec laquelle elle n'avait pas défait les liens. Son amie était la mère de deux petites filles âgées de trois ans et demi et de deux ans qu'elle mit au lit avant de lancer l'apéritif avec du champagne. Ils étaient huit adultes : Alexandre et Katia, qui travaillaient à France Inter, Simon, cuisinier, et

Isabelle, graphiste, puis Nemanja, un cousin de Mila qui parlait mieux l'anglais que le français – ce qui amusa souvent l'assemblée au gré de ses errements linguistiques. Le dîner fut bon – Simon épaula naturellement la maîtresse de maison pour la cuisson des grosses crevettes rouges de Palamos – et l'ambiance assurée par la douce ivresse circulant sur la tablée. Des blagues fusaient, les bouteilles défilaient, on se moquait gentiment de Nemanja, informaticien le jour et artiste peintre la nuit si l'on en croyait sa cousine. Un vrai dîner de bobos, se dit Laurence, heureuse de partager ces moments de légèreté en compagnie d'êtres aimables et joyeux.

— Alors, que penses-tu de mon cousin ? lui demanda Mila alors qu'elle avait réclamé la présence de son amie dans la cuisine afin de découper le gigot d'agneau.

— Il est assez craquant, mais ton côté marieuse est un peu trop visible ce soir. La vieille copine esseulée et le cousin célibataire, c'est too much, non ? Et puis, si tu veux tout savoir, je préfère le cuistot…

Elles éclatèrent de rire.

Ce dernier fit son apparition en cuisine.

— Vous voulez un coup de main, les filles ?

— Dans un certain sens, oui…, pouffa Mila, avant que Simon ne regagne le salon sous les gloussements des deux amies.

— Je crois qu'elles ont allumé la chaudière, trancha-t-il en s'asseyant.

Il fallut expliquer l'expression désignant un début d'ivresse à Nemanja qui s'inquiétait d'un éventuel problème de chauffage.

À minuit, tout le monde s'embrassa et trinqua. La petite Lara, fille aînée de Srdjan et Mila, sortit de la chambre des enfants pour assister au spectacle.

Laurence la prit sur ses genoux, respira ses cheveux bouclés, lui fit de discrètes chatouilles tout en lui mordillant les oreilles.

Mila mit de la musique, mezzo voce, pour ne pas réveiller Vesna. Sinatra chantait des standards d'Antonio Carlos Jobim. Cette douceur, cette beauté, cette sensualité : il ne faudrait pas que cela s'arrête, pensa Laurence.

À 3 heures du matin, l'assemblée commença à témoigner de signes de fatigue, à l'instar de Lara qui dormait maintenant sur le canapé. Alexandre et Katia insistèrent pour ramener Laurence. Ils habitaient à Odéon et à cette heure commander un taxi équivalait à lancer une bouteille à la mer.

Nemanja dormait lui aussi sur le canapé à côté de sa nièce. Les invités s'éclipsèrent. Quelques instants plus tard, devant le numéro 33 de la rue de Bourgogne, Laurence se félicita d'avoir pu profiter de son couple de chevaliers servants. Ils s'embrassèrent une dernière fois sur le trottoir en se souhaitant encore une bonne et heureuse année. D'autres soirs, à cette époque, Laurence rentrait chez elle à pied avec des larmes dans les yeux. Elle se disait que le froid perçant en était responsable.

IX

Le téléphone fixe du bureau sonna, Patrick décrocha. Une conférence de rédaction impromptue était prévue pour 11 heures. Les rédacteurs en chef, chefs de service et de rubrique étaient attendus. Quelle plaie. Cela devait être une idée de ces consultants à la noix qui avaient envoûté la hiérarchie. Il fallait du « flux », des « clics », des « vues », des « followers » sur le site et les réseaux sociaux de *L'Hebdo*. L'équipe marketing insistait sur les vidéos et les « stories » que devaient poster les journalistes. À les entendre, tout ce fatras était le nouvel or noir, l'horizon indépassable. Un con postant un « like » sur un article qu'il n'avait pas lu valait mieux à leurs yeux qu'un lecteur dépensant 4,50 euros pour acheter le journal.

La conférence avait lieu au troisième étage, chez les huiles. Le directeur général, Maffre, les bombarda de chiffres, d'études qualitatives et autres fariboles. Il fut ensuite question d'anticiper et de réagir.

Sur quoi et à quoi ? Les buts à atteindre demeuraient flous, seuls comptaient les mots d'ordre et leur supposée capacité de mobilisation. Certains chefs de service émirent des propositions, ils voulaient se faire bien voir et montrer qu'ils n'étaient aucunement rétifs au changement, à l'adaptation, à la modernité numérique. La mère Bernard n'était pas la moins excitée, Patrick plaignait déjà ceux qui allaient subir le retour du tyran dans ses bureaux. La réunion s'achevait, on rangeait ses notes et ses smartphones, Patrick en profita pour apostropher Laborde, le directeur de la rédaction.

— Au fait, j'imagine que vous avez prévu de la place pour la nécro de Verdier dans le numéro de jeudi...

— Verdier...

— Jean Verdier, compagnon de la Libération, l'un des historiens français les plus connus y compris internationalement, spécialiste de l'Antiquité. Il était aussi romancier, prix Interallié 67. Il est mort ce week-end à l'âge de 94 ans.

— Ah oui... Mais dans les pages culture, on a un gros paquet avec l'entretien entre Dany Boon et Virginie Despentes sur le cinéma français, puis une enquête « Les prix littéraires font-ils vraiment vendre ? », et aussi une double page autour des Mémoires de Lilian Thuram.

— Je vois. Si tu veux, je te fais deux feuillets ou deux feuillets et demi sur Verdier d'ici demain matin.

— Attends, faut que je demande à Cruchet s'il reste de la place. Je te dis au plus vite.

L'après-midi, Patrick se pencha sur la nécro de Verdier. Voilà bien longtemps, il l'avait interviewé à deux ou trois reprises, puis l'avait revu à peu près autant de fois pour des déjeuners informels. Jean Verdier n'était pas très grand, doté d'un physique plutôt anodin à l'exception de son visage, qui semblait sculpté dans de la roche, et de sa belle voix légèrement méridionale. Drôle, humble, il dégageait un charisme tranquille. Ce type-là avait été un héros durant la Seconde Guerre, avait écrit des ouvrages de référence lus par des générations d'étudiants en France comme à l'étranger, avait publié d'excellents romans appréciés par des happy few, et sa disparition ne suscitait que désintérêt chez ceux se trouvant à la tête de l'un des plus grands hebdomadaires du pays fondé en 1954 par Raymond Lefèvre, autre intellectuel de haut rang. Comment en était-on arrivé là ? Une phrase de *L'Armée des ombres* de Jean-Pierre Melville revint en mémoire à Patrick. En substance, c'était quelque chose comme : « Décidément, il n'y a plus rien de sacré dans ce monde. » Plus rien de sacré, non. Verdier n'avait pas de compte Facebook ni de followers. Il n'avait pas dispensé ses pensées en 140 ou 280 signes sur Twitter ni dans de brèves vidéos éphémères. Son empreinte numérique était incontestablement faible. Une longue fiche Wikipédia, des centaines de référencements sur Google à propos de ses livres, d'entretiens ou d'articles parus dans la presse. Rien qui puisse alimenter le buzz. À 17 heures, Patrick ferma le fichier « Nécro Verdier ». Maffre n'avait pas redonné signe de vie, il devait relire les « bonnes feuilles » de l'autobiographie de Thuram.

Après quelques instants, Patrick appela Antoine.

— Je ne t'ai pas vu à la réunion de ce matin.

— J'avais une bonne excuse, je voyais le directeur de campagne de Fillon.

— Veinard. Quelle purge. Ces réunions donnent envie de se les couper en lanières et de les accrocher au plafond.

— Je compatis. Sinon, cela te dit de venir au cocktail de lancement de la nouvelle revue politique de Lagarde ? C'est à partir de 19 heures dans un bar à vins vers la Sorbonne.

— Pourquoi pas ? Je viendrai en voisin, si c'est trop pénible je rentrerai dans mes pénates.

— Parfait, à ce soir.

Patrick arriva à 19 h 30. Pique-assiettes et personnalités plus ou moins connues commençaient à affluer dans le luxueux bar à vins privatisé pour l'occasion. *Politicus* se voulait une revue politique mensuelle « décalée » n'abordant jamais son sujet affiché de front, mais invitant responsables politiques à parler de gastronomie, de vin, de littérature, de sport, de musique, des villes étrangères qu'ils aimaient à travers des interviews réalisées par des écrivains célèbres ou à la mode, voire par des acteurs ou des people. Pourquoi pas ? La politique, les idées, les utopies : en fait, cela emmerdait tout le monde. Les Français étaient un peuple simple. Ils voulaient moins d'impôts, moins d'étrangers chez eux, plus de vacances et plus d'argent. Des nouveaux smartphones et des séries télé aussi. Ce n'était peut-être pas très brillant et ce n'est pas avec cet état d'esprit qu'on avait eu Versailles, Austerlitz ou la France libre, mais seuls les aveugles ou les fous refusaient de convenir de la situation. On s'efforçait de garder le secret. Financée par un mécène et une maison d'édition, la revue était dirigée par Antonin Lagarde, un gommeux de vingt-huit ans qui affichait déjà la morgue et le contentement de soi d'un vieux notable de la République des lettres. Le loustic n'avait publié que deux romans, mais ils avaient été distingués par des prix littéraires bien que reposant sur une écriture scolaire et le même procédé : évoquer une page d'histoire – en l'occurrence l'Occupation puis la guerre d'Algérie – à travers un fait divers criminel. Aucun critique n'avait cru bon de relever la facilité, voire l'imposture. Il est vrai que le poids de la famille de Lagarde, influente dans l'édition et dans certains médias dont elle était actionnaire minoritaire, ne poussait pas à l'irrespect envers le rejeton. Dans la perspective de l'élection présidentielle et des législatives de 2017, créer une revue politique pouvait s'avérer une bonne stratégie afin d'étendre le réseau de Lagarde et des siens.

Dans l'assistance, Patrick repéra deux candidats à la présidentielle, Philippe Sollers, Frédéric Taddéi, Vincent Lindon, Dominique de Villepin, Frédéric Beigbeder, Anne Sinclair, Jamel Debbouze, Christine Angot et peut-être Benjamin Biolay, mais de ce dernier il n'était pas sûr. Il reconnut aussi deux anciens ministres dont il avait écrit les Mémoires, dont cet abruti de Roche. Visiblement, le poste à la tête d'une organisation humanitaire dépendant de l'ONU, qu'il avait obtenu après moult intrigues, lui laissait du temps libre. Il jetait autour de lui de petits regards vifs et inquiets dans lesquels on décelait l'angoisse de ne pas être reconnu. Que foutait Antoine ? Patrick avait envie de parler, mais à qui ? Sûrement pas à Lagarde qui passait d'un groupe à l'autre, serrait des mains, claquait des bises, avec une flute de champagne tenue du bout des doigts comme si elle brûlait et qu'il s'abstenait de porter à ses lèvres. Ce type avait un regard intelligent, perçant, mais son visage dégageait un air fourbe. L'arrivisme, l'ambition, la duplicité suintaient de ses pores. Balzac avait dû le décrire quelque part. Patrick monta à l'étage de l'établissement où l'ambiance était plus alcoolisée. Lui-même avait trop bu. Les trois verres de mauvais champagne et de vin blanc trop sulfité lui avaient embrasé l'œsophage ainsi que les tempes. Il demanda un gin-tonic avec du Hendricks. Perdu pour perdu.

Près d'une baie vitrée ouverte par laquelle s'échappait la fumée de cigarettes, un type semblait captiver un petit groupe. Patrick s'approcha en sirotant son gin-to. Tiens, c'était Béranger. Le sexagénaire était resté fidèle à sa tenue d'« homme en noir » ayant contribué à sa notoriété. Patrick avait bien aimé ses émissions dans les années 1980 puis au début des années 1990. Elles consistaient à interviewer des personnalités de tout genre – hommes politiques, écrivains, acteurs, musiciens… – en les bousculant à l'occasion, en les amenant sur le terrain de l'intime et de la confession. Puis au fil des ans, l'insolence et l'irrévérence avaient pris le pas sur le contenu, s'étaient transformées en un nouveau conformisme tandis que la vulgarité était devenue la marque de fabrique de Béranger. Aux allusions sexuelles graveleuses, l'animateur avait ajouté un détonnant cocktail en exacerbant des sujets polémiques chargés de tensions identitaires : le foulard islamique, le conflit israélo-palestinien, les théories du complot autour du 11-Septembre, la délinquance dans les banlieues, l'antisémitisme... Il fallait reconnaître qu'il avait eu du flair et que ces thèmes allaient se révéler porteurs. Les ficelles dont il usait ne brillaient pas toutefois par leur finesse et son obsession devenait de plus en plus criante. Dans ses émissions, les Juifs avaient souvent le mauvais rôle : Finkielkraut faisait pleurer Juliette Binoche, le président du CRIF faisait pleurer Besancenot... Le message était à peine subliminal. Dieudonné et Alain Soral – pas encore identifiés comme figures de l'ultradroite dite « antisioniste » – avaient leur rond de serviette chez Béranger jusqu'à ce qu'ils soient trop infréquentables et que celui qui les avait encouragés dans leur vice prenne ses distances. Avec un talent certain, ce pyromane avait réussi pendant des années, le samedi soir dans la petite lucarne, à allumer ou à entretenir les haines dégorgeant du vieux pays dans un ricanement et un cynisme typiques de l'époque.

Béranger était un peu passé de mode, avait transféré la recette de son émission-phare sur des chaînes et des talk-shows moins en vue, mais sans jamais renoncer à ses fondamentaux : dresser les uns contre les autres, créer des polémiques et des mises au ban. Il déclenchait des incendies et faisait mine ensuite d'en être désolé ou scandalisé. En quelque sorte, il avait renversé le précepte de Pascal selon lequel « Dieu se rit des hommes qui déplorent les effets dont ils chérissent les causes ». Le secret de Béranger était de chérir les causes autant que les effets. En ce sens, il était assez diabolique. L'éternel jeune homme avait vieilli. Ses cheveux étaient presque tous blancs, son ventre s'était arrondi. Depuis qu'il ne regardait plus la télévision, sauf pour des films ou des séries, Patrick ne voyait plus vieillir les importants de ce monde. De temps en temps, une photo dans un journal ou une vidéo sur Internet lui faisait prendre conscience du passage des années chez ces personnages que sa mémoire avait figés dans une ancienne apparence. C'était comme revoir des gens perdus de vue depuis longtemps.

— La sodomie, c'est comme le whisky. Tout le monde fait semblant d'aimer ça, mais c'est quand même dégueulasse ! s'exclama Béranger en déclenchant des rires.

Une fille se détacha alors du groupe. Elle aussi était en noir : robe découvrant ses bras, collants, escarpins. Elle tenait un verre de forme carrée contenant un liquide d'une couleur ambrée et des restes de glaçons. Patrick s'approcha d'elle et de son léger sourire.

— Vous avez l'air d'aimer le whisky en tout cas, lui dit-il.

— Très fin, comme votre ami.

— Ce con n'est pas mon ami. Je ne vous permets pas.

— Je l'aurais pourtant juré. Déformation professionnelle : j'ai fait un an de psycho avant le droit.

— Les jolies filles en savent toujours trop.

— J'ai déjà entendu cela. Dans *Les Tontons flingueurs*.

— Vous êtes avocate ?

— Non, avocat. J'y tiens.

— Vous savez comment on appelle un cargo rempli de 10 000 avocats que l'on envoie par le fond ?

— Une bonne nouvelle. Ça c'est dans *Le Mystère von Bülow*. Vous ne parlez qu'avec des citations, comme ce comédien…

— Luchini. Je ne peux pas supporter ce con-là.

— À part les cons et les jolies filles, vous avez d'autres sujets de conversation ?

— Plein, je suis journaliste. Je peux donc parler de tout et de n'importe quoi, défendre n'importe quelle idée avec la même conviction. Mais je dois avouer que c'est fatigant et baroque à la fois.

Là, elle ne repéra pas la citation. Personne n'est parfait, songea Patrick.

— Je fais un peu la même chose avec mes clients, répondit-elle.

— Que faites-vous là ? Vous écrivez dans *Diplodocus*, pardon *Politicus* ?

— Non, je suis l'un des avocats des parents d'Antonin Lagarde. Ils m'ont invitée et je me suis sentie obligée de venir, mais ils ne sont pas là et je ne connais personne. Enfin sauf quelques célébrités que je croise…

— Comme moi. J'ai été abandonné par mon chaperon. Vous buvez autre chose ?

— Comme vous, un gin-tonic, c'est ça ?

Patrick en commanda deux et l'entraîna à l'écart.

— Vous travaillez dans quel journal ?

— *L'Hebdo*.

— Mes parents sont abonnés.

— Pas vous ?

— Pas encore. Donnez-moi une raison de m'abonner.

— Ben, je vous ai sauvée des griffes de Béranger et la semaine prochaine je parlerai de vous dans ma chronique qui évoquera cette soirée.

— Vous ne connaissez même pas mon nom ni mon prénom.

— Pas besoin, vous vous reconnaîtrez. Sinon, quels sont-ils ?

— Laurence Costes, avec un *s* à la fin de Costes.

— Enchanté, Patrick Berthet. B, E, R, T, H, E, T.

— Enchantée également, Patrick.

— Je vous invite à dîner.

— Non.

— Soyez originale, tout le monde me dit ça.

Elle rit, mais ne baissa pas les armes.

— Non, je vais rentrer, je suis fatiguée et votre gin-tonic m'a achevée.

— Je vous raccompagnerais volontiers, mais je suis venu à pied.

— Pas la peine, je n'habite pas très loin et je vais prendre un taxi.

— Je vous suis, je rentre aussi.

— Vous n'êtes pas obligé, et votre article ?

— J'ai tout ce qu'il me faut, et puis je vous l'ai dit, je vais parler de vous.

— Vous n'en savez pas assez et je crains que ma personne ne passionne vos lecteurs.

— Je broderai ou je vous appellerai au cabinet si besoin…

Après un passage au vestiaire, ils firent quelques pas en silence. Patrick cherchait quelque chose de spirituel à lui dire, des mots qui pourraient la retenir encore quelques instants, mais rien ne vint et il se contenta de l'observer, de faire des réserves d'images et de souvenirs qu'il repasserait dans sa mémoire plus tard. Il lui trouvait une élégance de chat quand elle marchait. Laurence lui jetait de temps en temps un regard en biais comme pour vérifier qu'il était encore un pas derrière elle. Une envie terrible d'écarter les mèches lui masquant en partie son profil gauche taraudait Patrick. Lorsqu'ils furent arrivés sur le boulevard Saint-Germain, elle s'arrêta, se retourna et planta son regard dans le sien. Enfin, il osa et dégagea doucement ses cheveux.

— Vous aviez une poussière…

— Quelle vue perçante, dit-elle en souriant. Je vais prendre un taxi. Au revoir Patrick.

— Je l'attends avec vous si vous le permettez, rétorqua-t-il en espérant que le véhicule se fasse désirer.

Pas de chance, un taxi libre apparut au bout de trente secondes. Elle leva le bras, il fit de même à regret.

— Au revoir pour de bon cette fois…

— Bonne fin de soirée, Laurence.

Ils s'embrassèrent sur les joues. Il lui ouvrit la portière et la referma sans la faire claquer.

— Vous êtes vraiment très belle, dit-il, tel un comédien ayant raté sa dernière réplique, alors que le véhicule s'éloignait.

Patrick se dirigea vers son appartement le corps et l'âme pleins de regrets. Une sourde mélancolie mâtinée d'une joie inexplicable lui nouait le cœur.

X

Chez lui, la fatigue et la tristesse l'avaient quitté en laissant place à un état d'excitation intellectuelle qu'il reconnut aussitôt. Laurence occupait son esprit. Patrick l'avait aimée au premier regard. *Love at first sight*, disent les Anglo-Saxons. Voir un film ou lire un livre n'aurait pas suffi à la chasser de son cerveau. Le sommeil non plus ne viendrait pas l'apaiser. Il alluma alors son ordinateur et se lança dans l'écriture de sa chronique à venir. C'était une façon dérisoire de retenir Laurence auprès de lui, mais il ne voyait que celle-ci à sa portée. Une heure plus tard, la chronique était achevée.

Politicus et la belle inconnue

« Les Français sont un vieux peuple politique », disait le général de Gaulle. Je ne garantis pas l'authenticité de la citation, mais le vénérable Charles aurait pu prononcer cette phrase, non ?

Le jeudi 26 novembre, au Bacchus, cave et bar à vins très tendance situé en face de la Sorbonne, la soirée de lancement de la revue mensuelle *Politicus* venait confirmer l'adage que je qualifierais de gaullien. Sous l'égide du jeune romancier Antonin Lagarde, dont *Condamné à mort* et *L'Aveu* ont marqué les débuts en littérature, cette revue d'une élégance très parisienne veut proposer un autre regard sur la chose politique. Ou plutôt d'autres regards, des regards croisés, inattendus, drôles. Fausse légèreté et vraie pertinence sont au sommaire. Jugez-en plutôt. Vincent Lindon interroge Dominique de Villepin sur la gastronomie et le vin comme instruments de soft power, voire de civilisation. « Le lièvre à la royale, c'est une certaine idée de la France, populaire et aristocratique à la fois », annonce l'ancien Premier ministre. La suite de la conversation vaut le détour. Plus loin, Christine Angot parle de jazz et de cinéma avec Benoît Hamon. Le socialisme à visage humain ? Ailleurs, Philippe Sollers – ex-maoïste, ex-balladurien, ex-jospinien… – imagine l'année politique… 2017. Il voit une femme à l'Élysée, mais pas celle à laquelle vous pensez. Et si, pour une fois, il ne se trompait pas ?
Politicus a fait son entrée dans l'arène au gré d'une soirée totalement réussie. Pour que la magie opère, il faut un savant mélange entre people, gens sérieux,

gens légers, êtres blessés avec discrétion, trublions, le tout parsemé d'une pincée de pique-assiettes et de belles inconnues. L'alcool et les sourires font le liant. Dans le registre des belles inconnues, nous avons rencontré Laurence, du moins est-ce le prénom qu'elle nous a proposé en se moquant de notre goût pour les citations. Elle n'était pas la première à le faire. Je ne la décrirai pas, cette chronique n'y suffirait. Bon d'accord, j'essaie. Il faut imaginer une sorte d'Audrey Hepburn avec des cheveux mi-longs et une mèche retombant dans les yeux, des sourires désarmants derrière des pudeurs d'enfant sage, une élégance de chat, une voix que l'on a envie d'entendre chuchoter, une allure folle, d'un autre temps et de tous les temps… Ne croyez pas que votre serviteur soit tombé amoureux. Ce type de dommages collatéraux n'est pas remboursé par les notes de frais. Ce serait trop simple. Non, c'était encore mieux, si je puis dire. En la trop brève compagnie de la belle inconnue, nous avons respiré le parfum aimable de la civilisation. Le cœur lourd, en la laissant filer dans un taxi boulevard Saint-Germain, nous avons repensé à la célèbre phrase de De Gaulle : « Toute ma vie, je me suis fait une certaine idée de la France… Le sentiment me l'inspire aussi bien que la raison. » Mais la belle inconnue était-elle une « princesse des contes » ou une « madone aux fresques des murs », toujours selon les mots de De Gaulle ? Les deux, mon général !

Trois mille signes, pile. Patrick était épuisé et satisfait. Bientôt une heure du matin. Il alla enfin se coucher. En relisant le texte, le lendemain matin dans son bureau, il estima qu'il aurait pu faire mieux. À ses yeux, il dévoilait un peu trop son exaltation bien qu'il espérait l'avoir dissimulée derrière une fausse désinvolture. Il fallait que le lecteur croie à un jeu, un exercice de style, un numéro, tandis qu'elle seule – et lui-même – pourrait lire entre les lignes de cette chronique ce qu'il y avait de vérité. Il hésita à effacer « le cœur lourd » avant de s'y résoudre. De toute façon, cette chronique ne visait qu'une chose : avoir un prétexte pour appeler Laurence à son cabinet la semaine suivante. Six jours à attendre. Il alla sur le site de son cabinet, mais il n'y trouva qu'une photo d'elle sur laquelle elle portait les cheveux plus courts. Puis il la googueulisa, mais n'obtint rien de plus en terme d'images. Tout en le frustrant, son absence des réseaux sociaux lui parut rassurante. Elle n'était pas de ces narcissiques exhibant leur petit quant-à-soi en pensant que cela intéressait le monde entier. Il relut à trois reprises sa chronique avant de l'envoyer à la maquette, déjeuna d'un sandwich, s'efforça de penser à autre chose.

Le soir, Sébastien était à l'appartement. Aucun plan de sortie pour le jeune homme en ce vendredi, son père cuisina des pâtes à la carbonara avec du lard guanciale, auquel il ajouta un peu de lard de Colonnata, et du poivre noir de Roellinger. Ensuite, il proposa à son fils de voir *Lost in Translation* de Sofia Coppola avec Bill Murray. Dans l'après-midi, Patrick avait pensé à se faire dans les jours à venir un cycle autour de l'acteur, dont les rôles, en particulier celui du film de la fille de Francis Ford Coppola, épousaient parfaitement son état d'esprit du moment. Bill Murray suggérait l'accès au domaine du possible, un état de latence, une poésie du quotidien, un détachement propice à l'aventure teinté de douce mélancolie et de lassitude. Après le Coppola, il y aurait *Rushmore* de Wes Anderson, *La Vie aquatique* du même Anderson – même si Murray n'y tenait qu'un second rôle –, *Quick Change*, coréalisé par l'acteur, *Quoi de neuf Bob ?* de Frank Oz, *St. Vincent* de Theodore Melfi. *Broken Flowers* de Jarmusch ne lui avait pas laissé un grand souvenir. *SOS Fantômes* et *Un Jour sans fin* ? Bof. En revanche, il ne faudrait pas oublier *Olive Kitteridge*, la mini-série de Lisa Chodolenko où il tenait l'un de ses meilleurs rôles. Bill Murray n'avait pas tourné avec les grands cinéastes de son temps, ni dans beaucoup de films marquants, mais Patrick lui vouait un culte depuis la vision de *Lost in Translation*. Par la suite, il s'était renseigné sur le comédien et avait découvert qu'il ressemblait beaucoup à ce personnage d'acteur perdu dans un Tokyo ultramoderne et absurde où la rencontre avec une jeune femme délaissée par son compagnon lui offrait une parenthèse enchantée susceptible de donner un nouveau cours à sa vie à la dérive. Il y avait là de la drôlerie, de la fantaisie, de la lassitude, de la tendresse, de la pudeur, du renoncement. Patrick s'était reconnu dans ce personnage perdu, entre décalage horaire et fêlures intimes, s'efforçant de se donner une contenance au milieu d'un monde absurde. Dans un autre genre, comme Steve McQueen dans *L'Affaire Thomas Crown*, comme Mel Gibson dans *L'Arme fatale* et ses suites, comme Robert De Niro dans *Heat*, Bill Murray lui avait servi de modèle, ou plutôt d'idéal. Il fallait vivre sans rien renier de sa nature, de ses instincts, de ses valeurs, de ses intuitions et il lui semblait que ce bon vieux Bill vivait ainsi.

Dans la presse ou sur le Net, Patrick avait lu tout ce qui lui était passé sous les yeux à son propos. Des histoires incroyables circulaient sur l'acteur. On disait que parfois il se postait derrière un inconnu dans la rue, posait ses mains sur les yeux de la personne et demandait : « Devine qui c'est ? » Quand l'inconnu se retournait, Murray disait : « Personne ne te croira jamais » et s'en allait. D'autres fois, il piquait une frite à la table d'un client dans un McDo avant de lâcher la même réplique. Depuis le début des années 2000, il s'était débarrassé de ses agents et attachés de presse. Seul un numéro de téléphone renvoyant vers une boîte vocale servait de réceptacle aux propositions professionnelles. Une autre de ses lubies – et là les témoignages affluaient – consistait à s'inviter dans des fêtes chez des particuliers ou dans des bars. Des admirateurs rassemblaient les récits de ces douces frasques sur des sites Internet et les réseaux sociaux ou bien en inventaient, alimentant ainsi la dimension de légende urbaine du phénomène. Où était le vrai ? Le faux ? L'anecdote, selon laquelle à Stockholm il avait un jour pris une voiture de golf afin de rentrer ivre à son hôtel, semblait avérée. De son côté, l'acteur entretenait le mythe, prenant soin de ne confirmer ni d'infirmer les faits. Dans tous les cas, cela semblait éminemment plausible car ces histoires épousaient la sensibilité et le caractère de la plupart des personnages qu'il interprétait, en particulier le quinquagénaire en errance de *Lost in Translation* chantant en karaoké dans des soirées organisées par des gens qui pourraient être ses enfants. Bill Murray, c'était une tristesse masquée par des sourires, l'envie de préserver son âme d'enfant, un goût du jeu et du détournement.

Le week-end passa en compagnie de Sébastien et de Bill Murray. Patrick avait du mal à se souvenir avec précision du visage de Laurence, des traits lui échappaient, s'effaçaient de sa mémoire, revenaient furtivement et disparaissaient à nouveau. De prime abord, c'était étrange, mais il connaissait ce symptôme. Le manque, l'obsession, parfois l'amour. Aucune raison valable ne justifiait qu'il appelle Laurence Costes à son cabinet avant la publication de l'article jeudi matin, si tant est que ce dernier constitue une raison valable. Peut-être qu'elle jugerait les lignes la concernant déplacées, impudiques, grotesques. Celles d'un type qui écrit comme une midinette. Quant au « parfum aimable de la civilisation », cela ressemblait à du Paul Bourget. Il était encore temps de corriger. De toute façon, il était probable qu'elle n'achète pas *L'Hebdo* jeudi matin et qu'elle ait pris son intention affichée de l'évoquer dans sa chronique pour des mots sans lendemain. Dans ce cas, cela justifiait au moins un coup de téléphone pour lui signifier qu'il avait tenu sa promesse. Ne trouvant pas le sommeil, Patrick balayait ces hypothèses et d'autres encore, plus enthousiasmantes, avant de revenir à des options ne laissant guère d'espoir à la possibilité de revoir Laurence. Il aurait aimé se foutre de tout, oublier cette fille, penser à autre chose. Impossible. À quarante-huit ans, il était un ado transi. Quel con, se dit-il avant de s'endormir enfin.

XI

Une fois rentrée dans son appartement, Laurence se déchaussa, mit un CD d'Ed Motta, se servit un grand verre d'eau fraîche et s'assit dans son canapé en cuir noir. Dans le taxi, elle avait fait la liste des principales tâches qui l'attendaient le lendemain au cabinet. Là, elle songeait à celui qui lui avait tenu compagnie tout à l'heure. Patrick Berthet, un nom d'écrivain, ou de personnage de roman, se dit-elle. Quel drôle d'homme. Il l'avait moins séduite qu'intriguée. Ce mélange de maintien et de goguenardise, cette étrange douceur qu'il dégageait derrière le goût des formules et des jugements définitifs. Surtout, il ne l'avait pas draguée lourdement. L'avait-il seulement draguée ? Oui, sûrement. L'invitation à dîner, la discrète main dans les cheveux, mais en même temps il avait l'air de se fiche de tout et il n'avait pas demandé son numéro de téléphone. Le regrettait-elle ? Non, pas vraiment. Enfin, un petit peu. Cela faisait longtemps qu'on ne lui avait pas fait la cour et c'était agréable. Surtout ces premiers moments où l'on ne sait pas vraiment si l'échange relève de la banale sociabilité ou de la séduction, ni alors de quel genre de séduction. Celle innocente et désintéressée que certains êtres pratiquent naturellement et malgré eux, sans arrière-pensées ? Celle du coureur, marié ou célibataire, à la recherche d'une nouvelle conquête ? Celle du joueur qui sait qu'il n'ira pas plus loin, mais qui fait comme si ? S'interdisant depuis plusieurs années toute relation avec des confrères ainsi qu'avec ses clients masculins, Laurence avait réduit l'espace du possible dans son champ amoureux. Elle devrait sortir plus souvent, se dit-elle, accepter les invitations et les occasions de dépasser les frontières balisées du petit monde qui faisait son quotidien. Depuis quand n'avait-elle pas fait l'amour ? Juillet dernier, quatre mois. À Saint-Jean-Pied-de-Porc, dans la maison qu'avaient louée Cécile et Marc. C'était avec leur ami architecte Bernard, divorcé et célibataire comme elle, deux jours avant le retour de Laurence à Paris. Il y avait eu dans sa vie de bien plus longues périodes d'abstinence. Elle n'en tirait ni fierté ni regrets. C'était comme ça. Laurence aimait sa vie de célibataire, elle aimait faire l'amour. Entre ces deux aspirations, elle aurait souhaité rencontrer des hommes pour lesquels les sentiments soient moins éphémères que ceux qui guident le pur désir. Ce Patrick aurait-il pu être un homme dont elle tombât amoureuse ? Comment savoir ? Elle ne saurait pas.

Elle en ressentit une tristesse inattendue, comme celle qu'elle éprouvait enfant lorsque sa grand-mère paternelle venait la chercher à l'école et lui proposait sur le chemin du retour de lui acheter une pâtisserie, des bonbons ou un jouet. La fillette secouait la tête pour dire non puis était saisie de retour à la maison de regrets pouvant virer au chagrin. Pourquoi s'être privée volontairement d'un plaisir qu'on lui offrait ? Elle ne savait pas. Elle n'osait pas dire oui. Dîner avec Patrick Berthet n'aurait sans doute pas changé sa vie, ni même sa nuit, mais cela aurait été sans doute un bon moment entre deux quadragénaires célibataires – il ne portait pas d'alliance – que personne n'attendait chez eux. Oh, et puis elle était sotte ! Ce n'était pas ce type qui allait lui filer le bourdon. Elle avait des choses bien plus importantes auxquelles penser, notamment ce dossier compliqué sur des droits de succession entre des héritiers qui se déchiraient. En jeu : cinquante mille euros environ pour le cabinet si son client l'emportait. Cela valait bien de se coucher tôt, non ?

Les jours suivants, elle fut absorbée par le travail. Le mardi matin, il lui semblait que cette affaire de succession pouvait avoir une issue heureuse et elle était satisfaite de sa plaidoirie. Le soir, elle s'octroya une heure à la salle de sport et regarda ensuite *L'Impossible Monsieur Bébé* à la télévision. Le lendemain, elle dîna avec son amie et consœur Sylvie dans un restaurant italien de la rue de Bourgogne. Elles parlèrent de leurs dossiers respectifs puis Sylvie exposa les vives satisfactions que les études brillantes de ses enfants – Antoine, vingt et un ans, et Emma, vingt-quatre ans – lui procuraient. Chaque fois que quelqu'un évoquait ce type de félicité en insistant un peu trop, Laurence sentait monter en elle une certaine exaspération qu'elle s'efforçait de masquer. Elle voyait là une forme de narcissisme ou d'orgueil mal placé. Ce n'était pas l'envie ou la jalousie qui lui suggérait de tels sentiments, mais l'idée que beaucoup de parents s'aveuglaient devant leurs enfants et refusaient de voir une réalité moins glorieuse. Eussent-ils été de vrais cancres que les mêmes concerts de louanges auraient été entonnés. Elle ne pouvait faire ce grief à son amie car, en l'occurrence, Antoine et Emma poursuivaient effectivement de brillants parcours. Sentant toutefois que le sujet ne passionnait pas Laurence, Sylvie embraya.

— Côté cœur, quoi de neuf ?

— Pas grand-chose, rien même… Tu sais, j'ai été très prise depuis la rentrée, je bosse comme une folle et je sors très peu, dit-elle en repensant aussitôt à Patrick Berthet qui avait disparu de son esprit depuis l'autre soir.

— Et le beau gosse de cet été, tu ne l'as pas revu ?

— Non, une romance de vacances, si je puis dire.

— Quel dommage. Tu es trop belle, vive et intelligente pour rester vieille fille ! Un vrai gâchis. Il faut profiter de la vie. Si je n'étais pas mariée à cet empoté de Jean-Paul, que mon vieux fonds de morale judéo-chrétienne m'empêche de tromper, je ne me priverais pas, dit Sylvie après avoir vidé son verre de chianti.

— Je rêve… Et le procureur lors des vœux du bâtonnier ?

— Ça ne compte pas, j'avais trop bu…

— Et le fils Dubancher que Marie t'avait présenté à l'opéra l'hiver dernier ?

— Alors lui, c'était cinq minutes, douche comprise. Je n'appelle pas cela faire l'amour…

À la table voisine, distante d'un mètre, où dînait un couple élégant d'une cinquantaine d'années, l'homme se tourna vers elles et sortit de sa torpeur apparente pour leur adresser un sourire. Face à lui, celle qui devait être sa femme arborait un beau visage de brune italienne, mais sur sa bouche apparaissait ce pli amer creusé par la suffisance agressive souvent sculptée, dans certains milieux, par l'habitude et surtout le désir de souligner son appartenance à la classe des maîtres. Elle posa ses couverts et s'adressa brièvement à lui en italien tout en jetant un regard méprisant à la table des deux Françaises. Il n'y avait nul besoin de maîtriser la langue pour comprendre la teneur générale du propos ni le sens du terme par lequel elle avait désigné ses voisines. L'homme se pencha sur son assiette en silence tandis que Laurence et Sylvie éclatèrent de rire. Après les limoncellos, elles décidèrent de rentrer. Le couple les avait précédées. Ne restait plus dans le restaurant qu'une tablée de quatre hommes d'affaires apparemment décidés à repousser la fin du service. Devant l'établissement, Laurence attendit l'arrivée du Uber commandé par son amie.

— On remet ça bientôt, ma grande ? Sweet dreams ! lança Sylvie en s'engouffrant dans la Mercedes noire promise.

Le froid glacial avait dégrisé Laurence. Une centaine de mètres la séparait de son domicile et, sans se presser, elle fit claquer ses talons sur le trottoir en savourant ce bruit qu'elle avait toujours trouvé rassurant.

XII

Voilà, c'était le grand jour. Patrick avait eu largement le temps de préparer ce moment. 11 heures ou 11 h 30 du matin lui avait d'abord semblé la bonne fenêtre pour appeler Laurence. Le début d'après-midi ou la fin de journée parut ensuite plus approprié. Elle n'allait sans doute pas se précipiter dès potron-minet vers le premier kiosque à journaux pour acheter *L'Hebdo*. Pourquoi pas, au fait ? À sa place, c'est ce qu'il aurait fait. Fin de journée, il risquait de la rater. Ou pas. Il ne connaissait pas son emploi du temps et celui d'un avocat devait être très fluctuant d'un jour à l'autre. Non, la fin de matinée, c'était très bien. Peu importait au final qu'elle ait lu l'article ou pas, ce n'était qu'un prétexte pour lui parler, pour renouer un mince lien trop vite défait et il avait déjà suffisamment pris son mal en patience. Pour autant, ces heures et ces jours à attendre n'avaient pas été si désagréables car ils avaient entretenu l'espérance, une espérance qui peut-être serait réduite à néant au moment de déjeuner. Alors, il se sentirait bien seul et triste.

Avec le sens de l'organisation et de la parade qui s'était avéré précieux dans son métier, Patrick avait envisagé toute une série de phrases d'attaque pour finalement se résoudre à la plus banale : « Vous avez lu mon article ? » Auparavant, il y aurait eu : « Bonjour Laurence, c'est Patrick Berthet (bon, cela, elle le savait puisqu'il se serait annoncé auparavant à la secrétaire – l'hypothèse qu'elle décrochât elle-même étant des plus infimes – mais les conventions voulaient qu'il se présente malgré tout), nous nous sommes vus l'autre soir pour la soirée de lancement de *Politicus* (il faudrait enchaîner ainsi assez vite car si Laurence lui révélait par un silence appuyé ou des mots qu'elle l'avait déjà oublié, un sentiment de honte et de ridicule l'anéantirait), vous avez lu mon article ? Vous avez vu, j'ai tenu ma promesse… » Là, attente. Si elle se montrait flattée ou agréablement surprise, si elle le remerciait, il faudrait enchaîner : « Je peux vous inviter à boire un verre ou à dîner un de ces quatre ? Vous avez déjà refusé une invitation, ce serait un casus belli… »

Évidemment, la possibilité qu'elle soit en ligne, en rendez-vous ou carrément absente n'était pas à écarter. Dans ce cas-là, ce serait simple. « Je peux vous laisser un message ? Dites-lui que Patrick

Berthet de *L'Hebdo* a appelé (la mention du journal pouvait conférer un aspect professionnel au coup de fil et rendre la secrétaire plus scrupuleuse quant à la transmission du message), je vous donne mon numéro de téléphone... » En dépit de cette option, Patrick s'était concentré sur l'éventualité d'une conversation avec Laurence, situation évaluée à un gros 50 % de probabilité. Appeler à 9 heures pouvait hisser la probabilité à 60 ou 70 %, mais trahir aussi un tempérament trop empressé et fébrile. Il fallait rester cool comme Steve McQueen dans *L'Affaire Thomas Crown*. Finalement, quelle importance ? Il aurait tenté sa chance, l'échec était plus que probable et une divine surprise possible (10 à 20 % de chances, maxi). Et puis, si cette petite prétentieuse le snobait, qu'elle aille se faire voir.

Le smartphone indiquait 11 heures. Il convenait d'attendre un peu, appeler pile à 11 heures pouvait sembler suspect. Dix minutes plus tard, Clément tapa à la porte du bureau de Patrick pour lui exposer l'état d'avancement de son article sur les néo-vignerons ayant tourné le dos à leurs anciennes activités professionnelles afin de produire des vins bio ou biodynamiques. Il n'écouta que d'une oreille distraite en jetant des coups d'œil à l'horloge de l'écran de son ordinateur. Au bout de cinq minutes, il interrompit Clément.

— Cela me semble très bien. Tu penses avoir bouclé quand ?

— Quatre-cinq jours, je n'ai plus qu'une ancienne journaliste devenue vigneronne à appeler et à tout mettre en forme…

— Impec, je le programme pour dans quinze jours, 4 000 signes en leader de la page « Art de vivre ».

À peine Clément était-il sorti que le téléphone fixe sonna. Et si elle avait pris les devants ? Il décrocha aussitôt.

— Salut camarade, ça gaze ?

C'était Antoine. Et merde. À son ton enjoué, cela sentait la fin de matinée tranquille. Il lui confia en riant les derniers échos de la campagne présidentielle avant de lui proposer un déjeuner au Coinstot Vino ou chez A Noste. Un autre jour, Patrick n'aurait pas fait un refus d'obstacle, mais ce n'était pas un jour comme les autres.

— Non, j'ai du boulot, des coups de fil à passer…

— Allez, sois pas bégueule, le travail peut toujours attendre. On fera des selfies et des stories au resto pour le Facebook du journal.

— Une autre fois, là je ne peux vraiment pas, trancha Patrick en raccrochant aussitôt.

D'ici, il voyait la tronche d'Antoine. Il s'excuserait et l'inviterait la prochaine fois.

11 h 27. Appeler à 11 h 30, ce ne serait pas trop lourdingue ? Et merde, il fallait bien se lancer. Patrick composa lentement, pour ne pas se tromper, le numéro du cabinet de Laurence que lui afficha le smartphone.

Une, deux sonneries, trois…

— Cabinet Costes.

Maître Costes n'était pas « disponible ». Il laissa le message qu'il connaissait par cœur et rappela Antoine. Messagerie. Tant pis, il déjeunerait seul dans son bureau, le smartphone à portée de main, bien qu'il eût préféré, maintenant, aller déjeuner tranquillement avec Antoine, sentir éventuellement des vibrations dans sa poche et écouter après un repas arrosé, seul dans son bureau, le message de Laurence. Un peu avant 12 h 45, il descendit s'acheter un sandwich, *Le Monde* et remonta en consultant régulièrement le téléphone. L'après-midi passa, Patrick essaya de se concentrer sur son travail, relut des articles, songea à sa chronique de la semaine suivante. Aucune idée ne lui venait. Il consulta son fichier « En panne » collectant des « sujets de secours » en principe intemporels. Bof. Pourquoi pas un article sur l'approche des fêtes, cette effervescence qui s'emparait alors de la ville et de ses habitants dans la perspective de festivités obligatoires distillant un léger désenchantement ? Cliché. Ou bien une charge contre les réseaux sociaux et le tout-numérique ? Cliché encore. En outre, ce n'était pas la peine d'énerver les pontes du canard et leurs consultants à la noix. Le premier anniversaire des attentats de novembre ? Il arriverait un peu en retard et comment trouver un angle original, léger et grave à la fois ? Fausse bonne idée.

Patrick quitta le journal peu après 19 heures de mauvaise humeur. Rue Monge, il s'arrêta chez le boucher-traiteur où il opta pour une portion de lasagnes puis chez son caviste où il choisit une bouteille de Sagesse du domaine de Gramenon. Pour accompagner son dîner et sa soirée, il hésita face aux étagères remplies de centaines de DVD et de Blu-ray entre *Skyfall* et une saison de *Curb Your Enthusiasm*, avant d'opter pour le James Bond. Il l'avait déjà vu et les aventures de Daniel Craig lui parurent un bon dérivatif à l'attente qui le rongeait. Au premier tiers du film, le smartphone fit entendre ses doux grognements. Un SMS de Sébastien. Il ne viendrait qu'à partir de dimanche soir, il avait une soirée chez un copain le samedi et passerait le reste du week-end à potasser chez sa mère. Quand Daniel Craig eut achevé de mettre hors d'état de nuire tous les méchants, la bouteille de Gramenon avait livré sa dernière goutte depuis un moment. Il était 22 h 40, Patrick se servit un whisky de Michel Couvreur avec un glaçon et glissa dans le lecteur DVD une saison au hasard de *Curb Your Enthusiasm*. L'autre conne n'avait pas trouvé un moment pour l'appeler ou même lui envoyer un SMS. Pour qui se prenait-elle cette pimbêche ? Avocate de mes deux. Il s'en voulait de s'être abaissé à lui faire la cour par chronique interposée. Il avait l'air fin, tiens. Pauvre type. Quel blaireau. Un demi-verre de Couvreur servit de prétexte à faire fondre ce qu'il restait du glaçon. À moitié ivre, avec le sentiment d'avoir mille ans, Patrick gagna son lit où l'attendait un sommeil profond. Ce n'est donc qu'au lendemain matin qu'il découvrit le SMS que lui avait envoyé Laurence Costes à 23 h 30.

XIII

La tête lourde, d'humeur maussade, Patrick se leva et se dirigea vers la machine à café. Selon un rituel quasi immuable, il fila dans la salle de bains, alluma la radio branchée sur France Inter et se glissa sous la douche. Ensuite, le café était à bonne température et il le sirotait tout en allumant le sèche-cheveux après avoir monté le volume du poste. Le second café était pris dans la cuisine avec un magazine : *Vanity Fair*, *GQ* ou *La Revue du vin de France*. L'écran du téléphone signalait un SMS non lu : « Bonjour Patrick, je vous ai lu, très touchée. C'est flatteur, trop flatteur. Que de grands mots pour mon humble personne. Mais cela fait plaisir quand même. La belle inconnue. »

Mazette, c'était elle. Il relut le SMS en marchant dans la cuisine. Au-delà de la pure politesse, le message était incontestablement amical. L'heure d'envoi, 23 h 30, témoignait aussi d'une volonté de ne pas laisser passer trop de temps. Et s'il avait eu le message en direct, il aurait pu répondre et initier ainsi, au regard de l'heure avancée, une conversation invitant à l'intimité. « Très touchée », « plaisir », « La belle inconnue » : ça, c'était très bien. « Trop flatteur. Que de grands mots » : un peu moins. Ne croyait-elle pas à la sincérité de ses mots ou bien n'était-ce qu'une forme naturelle d'humilité devant cette déclaration à peine camouflée ? C'était le « quand même » qui inquiétait le plus Patrick. Pourquoi une telle réserve ? Cela signifiait-il que l'article « trop flatteur » lui avait simplement « fait plaisir » en dépit de son caractère artificiel et anecdotique ?

Le plus important était d'avoir son numéro de portable. Il lui répondrait par SMS dans quelques heures. Surtout, ne pas se montrer trop pressant. Laurence était là, à portée de touches désormais. Le cœur léger, Patrick se dirigea vers le métro. Dans le wagon, les gens qu'il observait lui semblaient sympathiques, aimables, avec leurs secrets et leurs vies en bandoulière cachés derrière des casques, des smartphones, des livres, des regards songeurs ou mal réveillés. Il vivait à Paris, la plus belle ville au monde, ce qu'avaient oublié bien des Parisiens blasés et des Français plus ou moins habitués à ce que les splendeurs de la capitale fassent partie de leur patrimoine national. Était-ce son origine provinciale, bien que la plupart des Parisiens viennent eux aussi de province, mais Patrick ne s'était jamais lassé des beautés de cette ville malgré les embouteillages, la prolifération des enseignes mondialisées uniformisant le paysage urbain, les manifestations, la misère des mendiants et des pauvres hères ayant échoué sur les trottoirs de la « Ville lumière ». N'en déplaise aux cyniques, Paris serait toujours Paris et des millions de visiteurs le confirmaient chaque année. Il trouvait d'ailleurs que les cinéastes étrangers, en dépit ou peut-être même à cause des « clichés touristiques » que les critiques veillaient à souligner, rendaient justice à Paris. Les films de Woody Allen, de Terrence Malick, de Brian De Palma et de tant d'autres tournés ici possédaient une ingénuité, une innocence et par la même une vérité dont les « natifs » s'étaient coupés. Il avait vu plusieurs fois *Paris je t'aime*, film à sketchs rassemblant des cinéastes du monde entier qui plantaient leur caméra la plupart du temps dans des lieux emblématiques de la capitale. Oui, il avait le privilège de vivre, certes plutôt confortablement, dans ces décors chargés d'histoire et préservant encore leur magie. Et il ne renierait jamais ce privilège. Paris demeurait la ville du possible, des rencontres, de l'anonymat, des gens venus d'ailleurs, des énergies rassemblées, d'un passé rattrapant les vivants pour leur confier quelques confidences.

Au journal, Patrick s'avança pour les numéros de fin d'année qui devaient épouser, en particulier dans ses pages « Air du temps », l'ambiance des fêtes. Pour lui, cela faisait quelques années que cette période le rendait mélancolique. Sébastien passait les fêtes avec sa mère. Les deux années précédentes, Patrick l'avait récupéré pour le 31 décembre, mais le gamin avait préféré logiquement se rendre au réveillon chez des copains. Depuis son divorce, des soirées de Noël ou de premier de l'An avaient été agréables en compagnie de ses amours ou de ses compagnes du moment, mais elles avaient été rares. Le 31, quand il était seul, Patrick mangeait tôt, chez lui, ouvrait une bonne bouteille et se couchait vers 23 heures en ayant pris soin de couper son téléphone pour éviter de consulter les vœux qui s'accumulaient. Certains réveillons de Noël furent encore plus pathétiques, du moins aux yeux d'un observateur étranger, car lui s'était fait à cette solitude choisie. Fâché avec ses parents divorcés, fâché avec son frère, il dîna souvent seul le 24 décembre avant se coucher très tôt, autour de 22 heures, avec un livre. Ainsi était la vie d'un célibataire parisien, quadragénaire avancé, au début du XXIe siècle.

Les choses courantes évacuées, Patrick songea au SMS qu'il allait envoyer. Après de nombreux brouillons, le résultat fut celui-ci : « Bonjour Laurence, trop flatteur ? Je ne crois pas. Laissez-moi une chance de vérifier. J'aimerais vous inviter à boire un verre ou à dîner. Amicalement, Patrick. »

En début de soirée, alors qu'il sirotait un whisky en revoyant *Taken 2*, le smartphone vibra. « En début de semaine, je vais être prise par le travail. Disons mercredi soir ou jeudi pour un verre. Bon week-end. Laurence. » Il prit ces mots banals comme un bulletin de victoire. Il allait la revoir.

En dévorant une barquette de tripes achetée chez le traiteur, il textota : « Impec. Voyons-nous mercredi ou jeudi à La Crèmerie, rue des Quatre-Vents, on boira un bon champagne. Bon courage pour le travail. » La réponse ne survint que le lundi soir : « Bonsoir Patrick, a priori plutôt jeudi, je vous confirme. Laurence. » Il attendit jusqu'au mercredi midi pour la relancer en ne quittant jamais trop longtemps son smartphone des yeux. Ces engins-là étaient terribles. Ils clouaient les humains dans une attente et une urgence que l'on n'avait pas connues auparavant. Du temps des lettres et de la poste, des répondeurs téléphoniques sur les téléphones fixes, des cabines téléphoniques ou des messages écrits laissés dans les boîtes aux lettres, l'angoisse était moindre. Les chuchotis de mots frais s'échappant des enveloppes ou des cartes postales avaient valeur de preuve. On ne s'inquiétait pas outre mesure de ne pas avoir eu de réponse dans les vingt-quatre heures suivantes. Par ailleurs, les rendez-vous fixés un ou deux jours auparavant étaient en général honorés. On ne faisait pas faux bond. La parole avait un sens, le retard ou « le lapin » un poids. Depuis les téléphones portables, tout cela avait volé en éclats. On arrivait avec quinze ou trente minutes de retard, on annonçait le retard comme une évidence ou bien on annulait au dernier moment. Tout était possible. Chacun était libre et cette liberté était difforme, trompeuse, faisant disparaître quelques-uns des liens concrets entre les êtres.

Laurence avait confirmé par SMS leur rendez-vous du jeudi à partir de 19 heures à La Crèmerie. Arrivé un quart d'heure avant, Patrick demanda à ce qu'une bouteille de Substance de Selosse, champagne aux saveurs longues et profondes comme la mémoire, soit mise au frais. Elle arriva peu avant 19 h 15, légèrement essoufflée.

— Excusez mon retard, je m'apprêtais à partir quand j'ai dû prendre un client au téléphone…

— Pas de problème, le champagne a eu le temps de se rafraîchir, répondit-il en se levant pour échanger des bises de circonstances et en tirant la chaise devant elle.

— On peut avoir le Selosse, s'il vous plaît ? Et si pouvez le carafer, ce serait parfait, enchaîna-t-il à l'intention du tenancier.

Deux minutes plus tard, la carafe arriva sur la table. Patrick commanda une assiette de pata negra et on lui proposa de mettre plus tard la carafe dans un seau à glace si le besoin s'en faisait sentir.

— Pour l'instant, c'est parfait, dit-il en évaluant la température de la main gauche.

Il n'eut pas besoin de réclamer des verres à vin, à la place de coupes ou de flûtes. Substance était de ces cuvées rappelant que le champagne est un vin et pas seulement une boisson à bulles alcoolisée. Patrick remplit les verres, ils trinquèrent, il enchaîna :

— Je suis désolé de vous avoir écrit publiquement via ma chronique, mentit-il, mais c'était la seule arme que j'avais à ma disposition pour espérer vous revoir. Et puis, je vous l'avais promis...

— Vous avez eu l'élégance de préserver mon anonymat. À part les Lagarde et peut-être une ou deux autres personnes présentes ce soir-là, je ne crois pas que quelqu'un ait pu me reconnaître.

À ce moment, ils étaient les seuls clients de ce minuscule estaminet réputé pour sa sélection de vins. Cela ressemblait à un plateau de cinéma que les techniciens auraient déserté afin de laisser les deux comédiens répéter leur texte à l'abri des regards. L'assiette de jambon était arrivée sur la table, ils la picorèrent en chœur. Il lui demanda si le champagne lui plaisait puis expliqua sa vinification particulière, selon le principe de la solera, avant de s'interrompre, craignant de paraître pompeux.

— Je ne connaissais pas ce système. En tout cas, le champagne est délicieux, dit-elle en portant le verre à ses lèvres qu'il retrouvait aussi fines et légèrement pulpeuses que dans ses souvenirs.

— Très bon choix, Patrick, ajouta-t-elle.

— Dans le choix des vins et des films, je me trompe rarement, s'enorgueillit-il.

Bon dégagement, ils parlèrent de cinéma. Laurence aussi était cinéphile. Du moins l'avait-elle été des années durant après son divorce quand le cinéma, avec son travail, avait été le plus efficace dérivatif. Ils abandonnèrent le vouvoiement comme l'on se débarrasse naturellement d'un vêtement devenu encombrant. Brièvement, de rares clients faisaient irruption pour acheter une bouteille, un jeune couple s'était installé à la table près de la porte. Parfaits seconds rôles à la présence pelliculaire ne venant percer leur bulle.

Patrick et Laurence échangeaient des titres de films, des noms de cinéastes, d'acteurs ou d'actrices comme des sésames ou des mots de passe. Lubitsch, Hawks, Hitchcock, Wilder, Lang les mettaient d'accord. Allen, Eastwood et Scorsese aussi. Leur conversation devait ressemblait à un concours de name-dropping. Elle goûtait moins que lui la comédie italienne, mais Cameron Crowe les remit en harmonie. Elle plaçait Truffaut très haut, et Tarkovski, Kusturica. Tarantino ? « Un faiseur », trancha-t-elle.

Il n'était pas loin de penser la même chose. Les films de Malick lui serraient le cœur, précisa-t-elle en baissant les yeux sur son verre. Il n'insista pas. La bouteille de Selosse avait rendu l'âme. Il proposa de l'inviter à dîner, un sourire approuva.

Patrick l'entraîna dans un restaurant coréen chic et un brin chichiteux de la rue du Dragon qu'il espérait peu fréquenté, ce qui fut le cas. Lors de la commande, elle demanda quel était ce « pak choï » qui accompagnait le calamar sauté. « Petit chou », répondit la serveuse. La conversation bifurqua vers la littérature. Elle aimait les classiques français du XIXe, Tchekhov et Tourgueniev, Zweig, puis des tas d'auteurs étrangers contemporains qu'il ne connaissait pas, à l'exception de Paul Auster. Pour distraire cette solide culture classique, il se promit de lui offrir les livres de ses auteurs de chevet, des écrivains du second rayon qui souvent valaient mieux que bien des vaches sacrées : Paul-Jean Toulet, Jean de La Ville de Mirmont, Antoine Blondin, Guillaume Clémentine, Bernard Chapuis… Au fil de la conversation et des plats, ses pupilles brillaient, se rétractaient, envoyaient des éclairs. Son visage devenait solaire. Il l'observait à la dérobée, puis franchement pour ne pas oublier plus tard ses traits, les variations de ses lèvres, la couleur de ses yeux. Le dîner achevé, ils étaient les derniers clients. Patrick lui demanda si elle désirait un taxi, elle répondit qu'elle préférait rentrer à pied.

— Je te raccompagne alors, dit-il.

La rue de Bourgogne était à une bonne trentaine de minutes de marche, ce qui n'était pas pour le chagriner.

— Tu as des enfants ? demanda-t-elle au bout de deux cents mètres.

— Un fils, Sébastien, il aura bientôt dix-huit ans. Il passe son bac cette année. Avec sa mère, nous avons divorcé quand il n'avait pas encore deux ans. Et toi ?

— Non, juste un divorce, comme toi, il y a bien longtemps. Et tu n'as jamais eu envie de te remarier ?

— Dieu m'en préserve ! s'exclama-t-il dans un éclat de rire forcé. Non, en fait, j'aurais pu, mais cela ne s'est pas fait, ajouta-t-il.

De longs silences s'invitaient dans leurs échanges qui ne concernaient plus seulement une panoplie de films ou de livres, mais ces silences ne suscitaient aucune gêne entre eux. Ils formaient juste une petite couche amortissant les confessions. Au bout de dix minutes, Laurence prit Patrick par le bras. « J'ai un peu froid. » Il était près de minuit et Patrick aurait aimé arrêter le cours du temps, placer ces minutes en garde en vue.

Arrivés dans la rue de Bourgogne, Laurence indiqua qu'elle habitait un peu plus loin, au 33.

— J'ai passé une excellente soirée, chère Laurence. Bon, on remet ça un de ces jours ? demanda-t-il.

Elle opina de la tête, se hissa vers son visage et, tandis qu'il se penchait, elle mit sa main gauche derrière la nuque de Patrick pour l'embrasser. Ce fut un baiser tendre et fougueux. Ils s'étreignirent sur le trottoir puis d'un bond elle composa le code de la porte. Il la regarda sourire avant qu'elle ne disparaisse.

XIV

Les jours avaient passé, les jours avaient filé. Ils avaient connu et connaissaient ensemble le temps des premières fois. Tout était neuf et beau. Il y avait de la fantaisie et des jeux d'enfants dans leur sillage. Lors d'un dîner à la Casa Bini, ils improvisèrent une série de bras de fer. Il fallait voir les réactions des gens autour d'eux. Laurence et Patrick se seraient déshabillés que les regards n'auraient pas été plus étonnés. Les efforts et les tentatives de déconcentration de Patrick n'y changèrent rien, elle les gagna tous. Il n'était pas un colosse, mais sa corpulence aurait dû suffire face à une brindille de quarante-huit kilos, selon les estimations de Patrick. Son poids, d'ailleurs, Laurence ne le connaissait pas. Les balances lui étaient étrangères. Elle avoua cependant avoir pesé autrefois une dizaine de kilos de moins. Il ne voulut pas en savoir plus sur cette époque. Il préférait la faire rire et voir se creuser ses délicieuses fossettes. La joie de Laurence lui donnait de l'énergie, de l'enthousiasme, de l'envie.

Les contrariétés suscitées par l'évolution du journal et l'emprise toujours plus grande des Diafoirus de la dématérialisation et du numérique ne le touchaient presque plus. Si ces kamikazes voulaient tout liquider, abandonner le papier, éliminer ce qui avait encore de la tenue et du sens au sein de *L'Hebdo*, qu'ils le fassent. Au pire, il négocierait une rupture conventionnelle ou ferait jouer sa clause de conscience. Par moments, il lui semblait que les gens devenaient fous. Au nom d'une prétendue efficacité et rationalité, au nom de la modernité et du mouvement obligatoire, on instaurait du chaos. Partout, on détruisait de vieux métiers en les privant de leur sens et de leur vocation. La Poste était devenue d'abord une banque et n'était plus intéressée par la distribution du courrier, usage qu'elle s'efforçait de décourager en augmentant sans cesse ses tarifs. Les facteurs étaient désormais chargés – moyennant finance, bien sûr – d'aller visiter les petits vieux, dont les enfants et les petits-enfants ne s'occupaient pas, afin de leur parler un peu et de vérifier qu'ils n'étaient pas morts. Les Fnac vendaient de l'électroménager. Dans les chaînes des enseignes d'alimentation, les caissières et les caissiers étaient de plus en plus remplacés par des machines. On ouvrait, on dérégulait des professions ancestrales. Bientôt, les avocats et les juges laisseraient place à des sociétés privées chargées de régler les litiges et à des algorithmes calculant les indemnités, lui avait confié Laurence. On travaillait à la conception de véhicules sans chauffeur. La viande artificielle était promise, disait-on, à un grand avenir. Qui des hommes ou des animaux disparaîtraient en premier ? Quand il devenait sérieux ou « philosophe », Patrick se disait que le grand dérèglement avait commencé avec l'apparition des « numéros verts », ces services avec lesquels on pouvait passer des dizaines de minutes en compagnie de voix digitales orientant le malheureux usager qui, au bout de son périple, pouvait éventuellement faire part de son problème à un pauvre hère d'un centre d'appels situé au Maroc ou à Madagascar incapable de résoudre la demande. Rencontrer une présence humaine devenait un luxe autant qu'un défi. Dans certaines universités, des cours étaient assurés par des professeurs virtuels dont la voix était diffusée, éventuellement dans plusieurs amphis ou salles simultanément, par des enceintes. Et tout le monde trouvait cela normal, voire naturel. Où était le progrès là-dedans ? Décidément, il était né trop tard.

D'autres devenaient carrément dingues, tiraient dans le tas, se faisaient sauter à Paris, en Syrie ou en Irak en espérant – pour ces messieurs – soixante vierges au paradis. Les dames qui en faisaient autant auraient-elles droit à soixante puceaux ? Pas prévu, apparemment. L'égalité hommes-femmes avait encore des progrès à faire dans certains esprits. Ces dernières années, les « padamalgam » et les « ça-n'a-rien-à-voir » rabâchés par des médias ou des politiques lui avaient mis la rate au court-bouillon. Ben voyons. Les fanatiques qui faisaient couler le sang en criant « Allah Akbar ! » n'avaient rien à voir avec l'islam. Plutôt avec le bouddhisme, l'animisme, le socialisme, l'ufologie ou la tarte au concombre. S'il y en avait qui cédaient légèrement à la tentation de l'amalgame, c'était peut-être ceux qui vouaient aux gémonies les « croisés », les « kouffars », les « Juifs » et toute l'humanité qui ne se prosternait pas, dans les formes, devant Mahomet, non ? Les tueurs de novembre 2015 avaient procédé, eux aussi, à quelques amalgames en massacrant hommes et femmes de toutes nationalités, de toutes origines, de toutes confessions, de tous âges. Avec le « padamalgam » et le « ça-n'a-rien-à-voir », on pouvait aller loin. Les croisades et l'Inquisition n'avaient rien à voir avec la religion catholique. Auschwitz n'avait rien à voir avec le nazisme, idéologie dévoyée par quelques-uns qui avaient mal lu *Mein Kampf*. Le goulag n'avaient rien à voir avec le communisme. Et le maoïsme rien à voir avec *Le Petit Livre rouge*. On avait stigmatisé un peu vite les tueurs du NKVD et les gardes rouges chinois. Rien n'avait à voir avec rien. Comme cela, tout irait bien et le « vivrensemble » prospérerait. Au journal, Patrick s'était quelques fois sérieusement engueulé avec des collègues, souvent jeunes, récitant la litanie des bons sentiments sur un fond de culpabilité et d'esprit de repentance. La sociologie compassionnelle, l'ignorance de l'Histoire et l'ignorance tout court, la vulgate bourdieusienne sur les dominants et les dominés, le catéchisme sur la « France moisie » mère de tous les vices, la haine de soi, le déni du réel avaient fait rage dans sa caste. La politique, la droite, la gauche : Patrick s'en fichait, mais il ne fallait pas prendre les gens pour des abrutis. Sinon, cela finirait mal.

Ces sombres pensées, cette rage rentrée qui se réveillaient à l'occasion, Patrick les avait non pas oubliées, mais mises de côté depuis que Laurence était entrée dans sa vie. Même les fêtes de fin d'année avaient pris une autre couleur. Le soir de Noël, Laurence était chez ses parents à Lyon, mais ils passèrent le 31 ensemble, chez lui. Il cuisina, ils s'enivrèrent, se réveillèrent enlacés avec une gueule de bois qui n'était pas parvenue à gâcher leur joie. Entre ces dates, ils allèrent quatre jours à Madrid. Laurence n'y était pas revenue depuis presque dix ans et un week-end avec des amies. Plus récemment, Patrick y avait amené Karine, et avant elle d'autres dont Claire, mais leurs souvenirs respectifs s'effacèrent devant leur découverte commune de la ville. Madrid était belle, altière, majestueuse, aristocratique. Certaines rues et avenues avaient une allure victorienne. Ils adoraient cela. Mangeaient dans des tavernes ou des restaurants à la mode une cuisine goûteuse, inspirée, charnelle. À son grand regret, Patrick ne retrouva pas en cherchant sur Internet le restaurant dont parlait Daniel Rondeau dans l'un de ses livres. Une autre fois. De toute façon, ils reviendraient aux beaux jours. Pour se reposer du tumulte de la Puerta del Sol – où Laurence se souvint de la chanson de Nilda Fernandez – ou de la Gran Via, ils filaient au Prado, au Thyssen et au Reina Sofia. Tous ces chefs-d'œuvre remettaient à cheval les cavaliers les plus fatigués. Patrick avait toujours aimé l'Espagne, amour hérité de son enfance – encore heureuse – et de son adolescence quand les vacances familiales choisissaient pour décors la Costa Brava, Valence, Alicante, Séville ou Grenade. Il aimait ce peuple, son histoire, ses tragédies, son élégance, sa décence, sa joie, son exubérance.

Les Espagnols étaient des Français de bonne humeur. En dépit de la modernité, de la crise, de la paupérisation, du tourisme de masse et de ses nuisances, il retrouvait là-bas le parfum des Trente Glorieuses françaises, une jouissance du moment présent, une foi en l'avenir marié à l'héritage assumé d'un passé fût-il parfois tragique. Au restaurant ou au café, elle se moquait de son accent, mais le sien n'était pas fameux non plus. *Vale, vale*… Il s'acheta une cravate et une chemise à la boutique Brooks Brothers. Elle jeta son dévolu sur une robe exubérante dénichée dans une boutique ethno-chic. Au-delà de ses lumières clinquantes, Madrid avait préservé son mystère, ses secrets, ses surprises. À l'inverse de tant d'autres villes – comme New York, Los Angeles, Londres, Rome ou Venise – dont l'imaginaire ou les représentations avaient été diffusés à travers la planète des décennies durant par d'innombrables films et images, la capitale espagnole conservait une certaine virginité. Sa réalité n'avait pas été colonisée ni détournée par le spectacle, à l'exception du stade San Bernabeu, l'antre du Real Madrid, qui focalisait depuis longtemps l'attention de centaines de millions de personnes. À Madrid, malgré les frimas de l'hiver, la vie était douce et Patrick se dit qu'il pourrait s'y exiler sans la douleur du déracinement. Il n'en était pas encore là. Pardon, ils n'en étaient pas encore là. Car des heures heureuses les attendaient à Paris et ailleurs. *Vale*…

XV

En ce mois de janvier 2017, il se souvenait de l'attentat contre *Charlie Hebdo*, perpétré deux ans plus tôt. Déjà deux ans. L'événement l'avait touché au plus près car il s'était lié depuis quelques années avec Bernard Maris. Leur première rencontre remontait à 2005. À cette époque, Patrick signait notamment des grands portraits pour *L'Hebdo* et l'exercice l'avait porté à en faire un de cet économiste singulier, également journaliste, essayiste et romancier. Une sympathie réciproque et des goûts communs avaient surgi lors de leur déjeuner au Comptoir du relais, à Odéon. Ils s'étaient promis de se revoir. Ce qu'ils firent, quatre ou cinq fois par an, au même endroit, à déjeuner ou à dîner, seuls ou en compagnie de Sylvie Genevoix, l'épouse de Bernard et la fille du grand écrivain Maurice Genevoix. Le couple l'invita aussi quelques fois à dîner chez eux, dans le XVIe, pour des soirées joyeuses dont la variété des convives disait l'étendue de leurs amitiés et de leurs passions. Patrick n'aurait pas osé se présenter comme un ami de Bernard Maris. « Je le connaissais », se contentait-il de dire quand on l'évoquait devant lui, mais sa mort aussi brutale qu'inattendue l'avait laissé longtemps pantelant. Il songeait souvent à Bernard et n'oublierait jamais cette matinée du 7 janvier.

Patrick était arrivé un peu tard au journal car il avait voulu écouter l'interview de Michel Houellebecq sur France Inter à l'occasion de la sortie de son roman *Soumission*. À un kiosque, il acheta *Charlie Hebdo* dont Houellebecq faisait la Une et était l'objet à l'intérieur de dessins hilarants ainsi que d'un article brillant de Bernard Maris sur le roman. Patrick se dit que tout à l'heure il enverrait un e-mail à Bernard pour le féliciter et lui proposer un prochain déjeuner. Vers 10 h 30, l'info tomba à la rédaction, en même temps que par des SMS sur son téléphone. « Attentat à *Charlie Hebdo*, il y a plusieurs morts. » Aussitôt, Patrick composa le numéro de Bernard. Répondeur. Normal. Des tas de proches devaient chercher à le joindre. Il essaya de ne pas envisager le pire. Parmi les informations parcellaires et pas encore officielles qui parvenaient, Patrick avait relevé que l'une mentionnait une attaque contre « le siège administratif » du journal. Il en conclut que la rédaction n'avait pas été visée, celle-ci avait d'ailleurs déménagé après un premier attentat, quelques années avant, ayant détruit les bureaux de la rue de Turbigo. Il s'accrochait à cet espoir, mais les premiers noms des victimes – Charb, Cabu, Wolinski, Honoré... – chassèrent l'illusion d'une méprise des assassins. Le « siège » et la rédaction ne faisaient qu'un. Peu après, un coup de fil de Stéphane, un ami journaliste connaissant aussi Bernard Maris, lui annonça sa mort, bientôt confirmée sur son ordinateur par les agences de presse et les chaînes d'information. Il téléphona à Alain et Laurent, d'autres amis communs. Prit les appels d'Yves et de Sébastien puis s'enferma dans son bureau un moment. La rédaction était en ébullition, il fallait monter un numéro spécial et oublier celui qui devait partir à l'impression. À 12 h 30, Patrick informa le rédacteur en chef qu'il s'occupait de la nécro de Maris. À 16 heures, elle était envoyée à la maquette.

Le soir, tard chez lui, il s'effondra sur son lit et trouva vite le sommeil. Un sommeil d'épuisement, de déroute, de chagrin. L'un de ces sommeils dont on espère qu'il durera longtemps avant que le réel ne reprenne ses droits. Vinrent ensuite la mort des deux auteurs de la tuerie puis l'attaque meurtrière contre l'Hyper Cacher et l'assaut des forces de l'ordre abattant le terroriste. Le pays flottait entre émotion, terreur et incertitude. En France et un peu partout dans le monde, « Je suis Charlie » florissait. C'était naïf, peut-être ridicule, mais cela aidait à tenir bon. Le samedi et le dimanche, des manifestations monstres de recueillement eurent lieu en province et à Paris. Des millions de Français descendirent dans la rue, en silence, dignes, émus, solidaires. Quelques semaines plus tard, un essayiste, démographe de formation, publia un livre dans lequel il expliquait que cette France-là était faite de catholiques zombies, de pétainistes, bref de xénophobes et de fascistes. Pourquoi se gêner ? Ce type passait pour avoir annoncé dans l'un de ses livres la chute de l'URSS et pour avoir théorisé le thème de « la fracture sociale » qu'enfourcha Jacques Chirac durant la campagne présidentielle de 1995. Cela lui donnait des airs d'oracle et de gourou. Il avait aussi annoncé en 2002 l'écroulement de « l'empire américain », la fin de l'euro, le succès de la politique de François Hollande, d'autres fadaises encore. Certains le prenaient toujours au sérieux. Après tout, une montre cassée donne la bonne heure deux fois par jour. Patrick l'avait croisé à plusieurs reprises, précisément en compagnie de Bernard. Une fois lors d'un dîner chez Bernard et Sylvie, deux fois devant le Comptoir du relais où Bernard l'arrêta depuis la terrasse. En lisant dans *L'Observateur* les « bonnes feuilles » de son bouquin sur la « France Charlie » et en l'entendant pérorer à la radio, Patrick fut envahi par le dégoût. Ce salaud ne manquait d'air. À l'entendre, l'islam était un bouc émissaire en France et la laïcité exacerbait l'intolérance. Les coupables devenaient des victimes et les victimes des coupables. Le monde s'inversait. Les mots n'avaient plus de sens. De son vivant, Bernard devait considérer ce type comme un copain, peut-être comme un ami. Au moins, ne vit-il pas le crachat de ce dernier sur sa tombe. Patrick se le jura. Si jamais il recroisait le salopard et sa longue tête molle, il lui mettrait son poing dans la gueule. Sans sommation.

Patrick parla à Laurence de Bernard qu'elle ne connaissait que par ses chroniques ou ses interviews à la radio. Il n'évoqua pas la peine et le vide qu'avait créés sa disparition. Plutôt son intelligence, son humour, ses livres, son regard goguenard et blessé avec discrétion qu'il portait sur la comédie sociale autant que sur la marche du monde. Il y avait du « désespéré hilare » chez lui, expression que Patrick avait lue à propos de Louis Nucéra. Foncièrement pessimiste, affolé par la destruction de la planète et l'enlaidissement des paysages, en particulier ceux de la France périurbaine, sans illusions sur la nature humaine, fasciné par la pulsion de mort que portaient en lui le capitalisme et sans doute l'humanité, Bernard cultivait cependant un appétit insatiable de la vie, de ses plaisirs et de ses bonheurs. Il aimait les siens, la littérature, le cinéma, le royaume de l'enfance, les animaux, le vin, les utopies, la fragilité des humains. Il aimait admirer et partager, vouait un culte aux résistants et aux héros de la France libre, aux poilus de 1914 auxquels son beau-père offrit un tombeau littéraire inoubliable avec *Ceux de 14*. Lors de leurs repas au Comptoir du relais, Bernard et Patrick se moquaient de leur caste, des heureux du monde, des journaleux, des écrivaillons. Les anecdotes fusaient sur les éternels précieux ridicules, les Trissotin, les Verdurin, les Thénardier de leur temps. Ils rivalisaient de citations. Keynes, de Gaulle, Bainville, Marx, Debord, Audiard lançaient des fusées à travers leurs bouches avec des éclats de rire comme points d'exclamation. « *Il ne faut pas oublier que dans l'ensemble, tout a plutôt mal tourné* », « *Sur le long terme, nous sommes tous morts.* », « *Le vrai est un moment du faux* », « *Aucun chagrin ne résiste à un morgon de Marcel Lapierre* », « *Place aux profiteurs d'abandon, aux débrouillards de la décadence !* », « *La bourgeoisie a noyé les frissons sacrés de l'extase religieuse, de l'enthousiasme chevaleresque, de la sentimentalité petite-bourgeoise dans les eaux glacées du calcul égoïste* ». Un jour, alors que Patrick l'avait rejoint à la Maison de la radio, ils rivalisèrent d'aphorismes houellebecquiens en déambulant sur l'allée des Cygnes : « *L'Anglais n'est pas animé d'un vif esprit de découverte* », « *En un mot comme en cent, je le confirme : l'homme de gauche est mal parti* », « *Le bricolage, pris dans son sens le plus étendu, peut offrir une voie* », « *L'éternité de l'enfance est une éternité brève* ». Un soleil de printemps les protégeait. La vie était légère. Il n'oublierait jamais le rire de Bernard. Un rire de défi, avec parfois des notes désenchantées.

Bernard et les autres étaient morts le jour de la sortie de *Soumission* auquel il avait consacré son dernier article. Il écrivait alors un essai intitulé *Et si on aimait la France*. Quel sens donner à ces signes ? Le 4 janvier, trois jours avant sa mort, il avait envoyé un mail à Patrick en réponse à ses vœux et lui disait qu'il était allé chercher la tombe de Dimitri Amilakvari à El-Alamein avec un ami, ancien de la France libre. Cet Amilakvari était l'une de leurs idoles communes. Né en 1906 dans un village russe au sein d'une famille princière géorgienne, il émigra en France en 1922. Après Saint-Cyr, Amilakvari intégra la Légion étrangère dont il fut capitaine puis commandant. Naturalisé français en mars 1940, il se trouva à Brest le 18 juin 40 et décida, alors qu'il venait d'entendre de Gaulle, de s'enrôler dans la France libre. « *Je dois tout à la France. Ce n'est pas au moment où elle a besoin de moi que je vais l'abandonner* », dit-il. Cette phrase aussi, ils aimaient se la rappeler. Le 7 janvier, Patrick chercha dans les archives numériques de *L'Hebdo* les articles qu'il avait écrits sur Bernard. Dans une sorte de questionnaire en forme de portrait chinois, il avait répondu à la question « *Qu'est-ce qui vous fait pleurer ?* » : « *Les souvenirs, des visages, des photos… Assez souvent, ce qui touche aux soldats, à la guerre… Je pleure assez facilement.* » Il n'eut pas le temps de pleurer ce 7 janvier.

— J'aurais aimé le connaître, dit Laurence un jour que Patrick se souvenait du disparu.

— Tu l'aurais adoré. Et lui aussi, je crois.

XVI

Dès leurs premières soirées ensemble, Patrick avait voulu montrer à Laurence qu'il savait tout d'elle. Lors d'un dîner chez elle, quand elle évoqua son goût pour la chanteuse Joni Mitchell, il décocha immédiatement : « Je parie que ta chanson préférée est *A Case of You*, non ? Je ne perds jamais mes paris. Enfin, jamais vraiment... » Elle éclata de rire en posant son verre.

— Pourquoi ? Mais pourquoi tu dis cela ? répétait-elle.

— Parce que je le sais, je le sens. Ça ne peut pas être *Big Yellow Taxi*...

Elle nia mollement avant de l'admettre. Dans le mille. Il aimait deviner ses goûts, anticiper ses désirs. Parfois, elle lui en donnait l'illusion comme à un enfant auquel on peut faire plaisir à peu de frais.

Patrick pensait que les grandes passions, surtout quand elles n'en sont qu'à leurs prémices, doivent rester muettes, secrètes, à l'abri du monde, des regards étrangers, des jugements, des opinions, mais il avait envie de parler d'elle, de partager la fièvre et le ravissement que lui offrait sa compagnie. Un jour, Sanders avait dit à Patrick pourquoi il n'avait jamais constitué de comité de lecture dans sa maison d'édition et décidait donc seul de publier un roman : « Quand tu tombes amoureux, tu ne vas pas demander leur avis à cinq ou six personnes, non ? » Imparable. Ce n'était pas une approbation que Patrick recherchait, juste une confirmation. Son vieil ami Marc la lui apporta un soir. Tous trois avaient dîné ensemble après que Laurence et Patrick eurent croisé l'agent d'assurances rue des Écoles. Une semaine plus tard, les deux hommes prirent un verre à La Rhumerie en fin de soirée. Laurence avait pris le train pour Lyon où elle plaidait le lendemain matin. Patrick parla d'elle. Malgré la fatigue et l'alcool, gagné par une lucidité inattendue, Marc dit ce que lui avait inspiré leur brève rencontre.

— Elle est de chez nous, bien de chez nous, elle est belle, intelligente, voluptueuse... Tout ce qu'on aime. Mais attention, c'est une fille qu'on épouse. Il faut qu'elle sente que tu es là, que tu ne la laisseras pas. Elle a souffert, beaucoup souffert, cela se voit, conclut-il.

Patrick opina et enregistra sans vouloir creuser les intuitions de son ami. Le mariage, ils étaient peut-être un peu vieux et ils avaient déjà donné. Ils verraient bien. La souffrance ? Patrick discernait chez Laurence de la retenue, de la pudeur, parfois un léger voile de mélancolie, mais pas de fêlure ni de souffrance. Se trompait-il ? Devait-il s'inquiéter du sentiment de Marc ? Il préféra ne pas.

L'absence de Laurence lui pesait. Après avoir quitté Marc et en rentrant à pied à son appartement, il découvrit le SMS qu'elle lui avait envoyé et il répondit : « Moi aussi. Bonne nuit. Je t'embrasse. » Cet état de latence, ce manque, cela ne lui était pas étranger. Quatre femmes le lui avaient fait découvrir avant elle. Était-ce peu ou beaucoup ? Il ne savait pas. Il ne savait plus. Bien que ces histoires aient mal fini, il en tirait la certitude d'avoir connu l'amour durant son passage sur terre. Pas si mal. Il avait aimé, il avait été aimé, au moins par Claire, ça il en était sûr, hélas. Peut-être par Marie, par Emmanuelle, par Karine à sa façon qui n'en était pas une. Quel désastre. Que restait-il de ces jours, ces nuits, de ces rendez-vous, de ces rires, des ces espoirs, de ces étreintes ? Des souvenirs tranchants, le parfum du *nevermore*, des tonnes de regrets. La belle affaire. Et elle, ne le laisserait-elle pas à son tour dans un champ de ruines ?

L'amour est fruit de circonstances : un lieu, une époque. Il en épouse les contours, se glisse partout. Puis il laisse des traces qu'il est impossible d'effacer.

Patrick croyait connaître Laurence depuis mille ans. Il l'avait rencontrée dans des films, des romans, des tableaux, des photos en noir et blanc et en couleurs. Bon. Qu'allaient-ils devenir maintenant ? Ce jeune couple de vieux quadragénaires avait-il un avenir ou bien leurs prénoms respectifs prendraient-ils place dans la colonne « faillite » de leur vie amoureuse ?

Elle avait un corps de jeune fille, d'adolescente presque, et des attaches si fines qu'on avait peur de les briser en serrant ses poignets, mais ses rides naissantes tempéraient cette juvénile apparence. En cette saison, elle portait le week-end des jeans skinny et des bottes montantes. Patrick avait hâte que vienne le temps des robes légères qui découvriraient ses minces mollets, néanmoins dessinés par la pratique de la bicyclette qu'elle avait abandonnée quelques mois auparavant. Cette jeunesse dans ce corps de femme émouvait au plus haut point Patrick. Laurence n'avait pas d'âge ou plutôt était de tous les âges. Il semblait facile en la regardant d'imaginer la fillette qu'elle avait été, ses moues et ses rires, ses chagrins d'enfant et ses joies fraîches comme la rosée du matin. Ses paupières légèrement tombantes, ses yeux clairs, ses lèvres fines et cependant charnues, sa démarche gracile : il en était fou. Avec ses cheveux châtain clair mi-longs et sa mèche tombant sur le côté gauche, elle avait un air de Jacqueline Bisset jeune, un air de Swinging London.

Les lunettes carrées qu'elle portait pour lire ne lui donnaient pas une allure totalement sérieuse et renforçaient même sa séduction. Quand elle riait, il avait l'impression que la mort n'existait pas, que rien ne finirait, que la vie serait une fête éternelle. Quel talent. Comment vivre sans elle après cela ? Il ne voulait pas envisager cette hypothèse.

Les soirs qu'ils passaient ensemble ou les week-ends, ils voyaient ou revoyaient des films, comme des adolescents, ou plutôt comme les adolescents qu'ils avaient été. Evidemment, elle n'échappa pas à un cycle Bill Murray, pas plus qu'au *Fanfaron* de Dino Risi et qu'à *Double Messieurs* de Jean-François Stévenin. Elle lui infligea de revoir des films d'Ingmar Bergman, il aurait préféré Ingrid. Les comédies des frères Farrelly ou de Judd Apatow n'étaient pas oubliées. Patrick prenait soin de réserver des soirées et des week-ends à Sébastien, « entre hommes ». Non que son fils et Laurence ne s'entendent pas, au contraire et sans que l'un ou l'autre ne miment une fausse convivialité, ils semblaient s'apprécier sincèrement, ce que chacun confia à Patrick, mais il voulait préserver des moments pour son fils. De la même manière qu'il ne désirait pas imposer la présence de celui-ci à Laurence. Pour être honnête, Patrick devait s'avouer qu'il avait ressenti, en de brefs instants, une gêne chez Laurence devant Sébastien. Cette gêne se traduisait par un geste inachevé, une parole suspendue, un regard couvert d'un voile gris ou se durcissant subitement. Cela disparaissait aussitôt dans un sourire, Sébastien n'en voyait rien.

Les deux ex-célibataires passaient d'un appartement à l'autre, du Ve au VIIe, en se faisant une place dans les penderies et les salles de bains. Lorsque Laurence était en déplacement en province un ou deux jours, Patrick renouait avec sa vie de vieux garçon. Il aimait toujours ces déjeuners ou ces dîners qui dérivaient, ces soirées dont il ne restait plus grand-chose le lendemain matin. Des mines chiffonnées, un mal au crâne, des tickets de carte bleue exorbitants, des trous de mémoire, des bleus aux bras ou aux jambes, des numéros de téléphone griffonnés que l'on ne rappellerait pas, des cartes de visite qui ne disaient plus rien. Le spectacle de ses amis et copains que personne n'attendait ou bien qui retardaient le moment de retrouver le domicile conjugal était moins drôle. Ces gamineries d'adultes le renvoyaient à son existence d'avant Laurence, existence à la fois si proche et déjà lointaine. Il en voyait désormais le vide, le pathétique, avec une lucidité implacable. L'expression « Regarde les hommes tomber » lui revint. Où avait-il lu ou entendu cela ? Une chanson ? Un film ? Un film avec Jean Yanne, aurait-il parié. Il ne voulait pas être de ces hommes qui tombent ou de ces canards dont on dit qu'ils continuent à marcher après qu'on les a décapités.

Laurence n'avait pas que de la force et de la volonté. Il aimait chez elle ses discours, ses démonstrations, son talent pour la dialectique, son maniement des paradoxes, son goût pour les mots, ses sentences, ses silences. Que se serait-il passé s'ils s'étaient rencontrés cinq, dix ou quinze ans plus tôt ? Seraient-ils tombés amoureux ? Elle ne s'était pas confiée sur les raisons de son divorce survenu il y a dix-sept ans et, au fond, il ne voulait pas savoir. Maintenant, seul le présent et l'avenir le préoccupaient. C'était largement suffisant.

XVII

Patrick avait surgi dans sa vie comme un chien fou. Non, plutôt comme un chat. Un chat abandonné et rusé usant de ses charmes pour se faire adopter. Elle n'avait pas hésité et ne le regrettait pas une seconde. Il était drôle, attentionné, subtil, pas blasé pour un sou. Il n'étalait pas ostensiblement sa culture, mais la faisait partager avec douceur. Grâce à lui, d'anciennes envies évanouies s'étaient rallumées : prendre son temps, voyager, s'amuser du spectacle des rues, boire du vin, rester au lit le dimanche matin… C'était banal, mais cela n'avait pas de prix quand ces plaisirs simples avançaient en harmonie. Était-ce l'état de grâce des premières semaines d'une rencontre ? Peut-être, mais elle n'avait pas le souvenir d'avoir ressenti cet équilibre avec les hommes qu'elle avait connus durant ses années de célibat. Une rivalité, une méfiance, une jalousie, une envie de domination, une volonté de se préserver s'immisçait tôt ou tard. Nulle de ces arrière-pensées avec lui ou entre elle et lui. Enfin, presque.

Face à Sébastien, elle ne pouvait s'empêcher par moments de penser à Théo. À quelques semaines près, son fils aurait eu le même âge que celui de Patrick. Bien sûr, elle n'oublierait jamais son bébé, mais son souvenir s'était parfois estompé au fil du temps, était passé au second plan, tel un décor immuable, quoique d'arrière-plan. En dépit de cette tragédie, Laurence avait aimé la vie, sa vie. Et l'absence de Théo s'était transformée en une présence tutélaire, en un ange la veillant et sur lequel elle veillait car ses souvenirs de petit garçon lui appartenaient plus qu'à quiconque. Des années durant, elle lui avait écrit. Elle s'adressait à lui, mêlant le récit de sa propre vie à des conseils ou des vœux qu'une mère prodigue inévitablement à son enfant. Deux fois par an, elle allait fleurir sa tombe et la nettoyer. Depuis 2009, elle ne pleurait plus, ou bien très rarement, lors de ces retrouvailles. Elle avait rangé les photos de Théo et de Matthieu, s'était débarrassée de ses vêtements de bébé et de tout objet lui rappelant sa brève vie terrestre. Elle n'avait pas besoin de ces dérisoires fétiches pour le sentir près d'elle, en elle, dans certains paysages ou certaines musiques.

Banalement, la douleur avait laissé place à une cicatrice. Les années où elle avait vécu les joues, les yeux et le cœur barbouillés, marchant dans les rues d'un monde pétrifié, étaient loin. Elle avait suivi sans y croire le fil de son histoire, la tentation de dépasser les doses prescrites ne l'effleura jamais.

Maintenant, elle redoutait de perdre ses parents, culpabilisait de ne pas aller les voir assez souvent, une fois par mois environ, alors que deux heures de train seulement les séparaient. Fille unique, Laurence apprit à l'adolescence que sa mère n'avait pu donner la vie à nouveau après sa naissance et elle regrettait de ne pas avoir donné à ses parents les petits-enfants qu'ils espéraient. Chacun, de son côté, vivait avec ses manques, ses frustrations, ses culpabilités déplacées. Plus tard, elle s'en était voulu aussi d'avoir rompu les liens avec Matthieu, mais quand ce regret survint, il était trop tard. Se revoir tant d'années après n'aurait eu aucun sens. Les vœux qu'ils s'échangeaient suffisaient, aux yeux de Laurence, à témoigner de la fidélité à ce qu'ils avaient vécu.

De la tristesse l'avait gagné au fil de ses pensées, telle une petite pluie entêtante élargissant ses flaques sur le trottoir, des flaques comme des larmes. L'horloge sur son bureau indiquait 18 h 45, la secrétaire venait de partir, Tilloy n'était pas rentré d'une audience qui avait dû s'éterniser. Elle téléphona à Patrick.

— Bonsoir, comment vas-tu ?

— Oh, je sors d'une réunion absurde. Je n'en peux plus de ces couillons. Chaque semaine, ils pondent de nouvelles directives, de nouvelles normes, de nouveaux « process », comme ils disent, en général contradictoires avec ceux de la semaine précédente… Ils sont perdus, sèment le chaos et s'efforcent ensuite d'éteindre les incendies qu'ils ont allumés. C'est désespérant… Mais pardon, je ne veux pas t'assommer avec ces conneries.

— Mais non, je compatis. Au cabinet, si quelque chose ne fonctionne pas, je n'ai qu'à m'en prendre à moi. C'est un privilège de nos jours. Que veux-tu que nous fassions ce soir ?

— Je ne sais pas. Resto, ou bien je prends un truc chez le traiteur et on dîne chez moi, ou bien je te rejoins chez toi…

— Disons chez moi, je suis un peu fatiguée.

— Tu as une petite voix, ça va ?

— Oui, je suis juste fatiguée. Peux-tu prendre une baguette et du vin ? Je vais faire du riz avec des boulettes d'agneau.

— Impec, no problemo. 20 h 30 ?

— Parfait, je t'embrasse.

— Itou.

Laurence aimait que Patrick soit d'humeur égale, ou du moins qu'il en donne l'impression. « Toi, tu es gai comme un pinson », lui disait-elle parfois, en usant de cette expression désuète héritée de son père, pour le féliciter. « *Un grand gaillard comme moi n'offre guère de prise à la mélancolie* », répondait-il en paraphrasant un dialogue d'*Uranus* de Claude Berri, ou bien il citait Bernanos : « *Les optimistes sont des imbéciles heureux, les pessimistes des imbéciles malheureux.* » Il préférait faire partie de la première catégorie. Son allant n'était pas feint même s'il dissimulait des failles, des blessures, des angoisses. Elle le savait. C'était aussi pour cette pudeur ou cette élégance qu'elle l'aimait. Au fond, ils se ressemblaient. Lui, faussement bravache. Elle, faussement timide. Ils avançaient masqués, protégés par leurs armures, habitués à esquiver ou à encaisser les coups. Se tenant droits dans un monde déréglé, ils s'étaient reconnus. Leur équipage tiendrait-il ? Pour l'instant, il avait le mérite d'exister. Leur couple était tout jeune, mais sans doute plus solide et plus profond que bien d'autres reposant sur une association d'intérêts, d'habitudes, de lâchetés, d'égoïsmes, de mensonges – travers que rencontrait souvent Laurence dans l'exercice de son métier. « Société à responsabilité limitée », « Société anonyme », « Société par actions simplifiée » : certaines dénominations techniques en disaient plus long sur l'état des choses et des mœurs qu'elles ne le semblaient.

Il ouvrit la porte de l'appartement rue de Bourgogne à 20 h 40.

— Désolé du retard, il y avait du monde chez le caviste. J'ai pris un très bon rouge de Pfifferling, il sera parfait sur l'agneau.

Ils s'embrassèrent, il enleva son trench et sa veste, fila vers les étagères de DVD.

— On regarde un film après ?

— Oui, mais pas trop long.

— Tu as rendez-vous, tu sors ?

— Idiot. Non, je dois être au TGI à 8 h 30.

Ils dinèrent dans la cuisine américaine et Patrick se resservit d'une troisième boulette et de riz agrémentés de la sauce aux poivrons et tomates qu'avait préparée Laurence.

— Quel glouton, dit-elle en riant.

— J'ai déjeuné d'un sandwich ! rétorqua-t-il.

Ce qui était faux. Pied de porc pané et chou farci au Tire-Bouchon.

La bouteille de Pfifferling n'était pas finie. Elle accompagnerait le début de *Susie et les Baker Boys* de Steve Kloves repéré dans les DVD de Laurence. Patrick l'avait vu lors de sa sortie au cinéma Variétés. Quelle année ? 1989 ? 1990 ? En tout cas, Éric était vivant. Lui aussi avait aimé, évidemment. Patrick se souvenait être sorti de la projection dans une douce euphorie tempérée de tristesse. Ce film, mettant en scène deux frères, pianistes de bar has been à Los Angeles, l'avait renversé. Jeff et Beau Bridges jouaient les frangins, bonne idée. Jeff n'avait pas encore été The Dude dans *The Big Lebowski* des Coen, mais Patrick l'adorait déjà à cause de *La Dernière Séance* de Bogdanovich, du *Canardeur* de Cimino, de *Cutter's Way* de Passer... Et puis, il y avait Michelle Pfeiffer en chanteuse un peu paumée qui allait relancer la carrière des frères et faire tourner la tête de Jeff. Il fallait la voir chanter *Makin' Whoopee* en robe rouge, alanguie sur un piano, pour comprendre ce que les mots « classe » et « sensualité » signifiaient. Sa version de *My Funny Valentine* aurait fait frissonner un mort. Les images charriaient l'usure du temps qui passe, le poids des occasions perdues, le regret de ce qui ne reviendra plus. En sortant du cinéma, Patrick s'était dit que plus tard il vivrait dans un appartement un peu bohème comme celui de Jeff Bridges et qu'il épouserait une fille dans le genre de celle qu'interprétait Michelle Pfeiffer. Il était à cet âge où l'on ne doute de rien et où l'on croit que la vie ressemblera aux films que nous aimons. En attendant, les jours suivants, il acheta à la Fnac le CD de la bande originale composée par Dave Grusin et revit le film.

Presque trente ans plus tard, *Susie et les Baker Boys* tenait encore la route, mais quelque chose s'était fané. Pas la magie des comédiens ou des scènes musicales. Quoi alors ? Patrick trouva un début de réponse : lui, sans doute. Laurence s'était endormie contre son épaule. Il ne la réveilla qu'au moment du générique de fin. Finalement, son existence n'avait pas ressemblé à l'un des films qu'il aimait. Il n'en éprouvait aucun remords.

XVIII

Le soir du premier de l'An, Patrick avait fait promettre à Laurence qu'ils feraient un long voyage au printemps. Au moins deux semaines pour avoir le temps de goûter à des horizons lointains.

— Et le cabinet ? Quinze jours ? C'est impossible !

— Tu n'as jamais pris quinze jours de vacances ?

— Si, enfin non, pas à cette période.

— Tu veux partir en juillet ou en août avec tous les blaireaux ?

— Sûrement pas, mais je ne peux pas m'absenter autant.

— Tu n'as qu'à prendre des stagiaires pendant ton absence.

— Je suis avocat, c'est un cabinet sérieux, pas un journal où n'importe qui peut écrire sur n'importe quoi…

— Je te remercie. Tu crois que je ne vais pas devoir travailler dur en amont avant de partir quinze jours ?

— Enfin, ce n'est pas pareil ! Tu ne peux pas comparer…

Ils argumentèrent, avancèrent leurs pions, transigèrent, proposèrent d'autres options dont « une semaine en avril et une semaine en juin » pour Laurence. Des diplomates n'auraient pas fait mieux. Le choix des destinations pesa dans la balance. Laurence avançait l'Espagne, l'Italie, Lisbonne ou « un long week-end à Marrakech ». Patrick rétorquait par Sao Tomé, Buenos Aires avec un détour par Montevideo, Istanbul et Beyrouth. À la fin de la joute, il avait emporté le morceau. Même face à un avocat aguerri, n'hésitant pas à convoquer la mauvaise foi et des contrevérités éhontées, il ne se défendait pas mal. Laurence avait rendu les armes et accepté un séjour de deux semaines à Istanbul et à Beyrouth.

— En plus, c'est sur le chemin, fanfaronna Patrick, heureux de sa victoire.

— Ne te moque pas de moi.

Ils firent la paix en s'embrassant. Il y avait des motifs de fâcherie plus graves. Patrick avait finement joué sur le tropisme stambouliote de Laurence, sachant qu'elle avait une grande envie de découvrir cette ville. Lui y avait passé quatre jours cinq ans auparavant lors d'un voyage de presse. Ce fut court et dense avec tous les passages obligés qu'impliquait une telle opération visant à obtenir en retour des publi-reportages déguisés dans les médias respectifs des journalistes invités : la Citerne, le Grand Bazar, Sainte-Sophie, la Mosquée bleue, Süleymaniye, Topkapi, le Bosphore, la tour de Galata, le palais de Dolmabahce… Les journalistes n'avaient pas chômé, mais Patrick avait réussi à se dégager des moments hors du circuit imposé, notamment pour voir Stéphane qui vivait à Istanbul depuis six ans. Ils s'étaient rencontrés étudiants par des amis communs. Grand, mince, les cheveux mi-longs, la démarche souple et nerveuse, Stéphane semblait alors sortir d'un livre de Stendhal. Sur son manteau noir, ses blousons ou ses vestes, il arborait une broche fleur-de-lysée renforçant le sentiment que ce jeune romantique s'était trompé d'époque. À la fin de ses études de droit, il partit à Londres pour travailler dans une banque d'affaires. S'étiolant dans la City, il prit le large, arpenta la Russie postcommuniste et les Balkans en guerre, marcha sur les pas de Rimbaud jusqu'en Abyssinie tout en suivant des études d'histoire. Ils se recroisèrent quand Patrick fit ses débuts à *L'Hebdo* où Stéphane déposa un CV mentionnant, parmi d'autres activités baroques, une expérience professionnelle dans un cirque russe. L'Hexagone était trop étroit pour lui et il voyagea à travers la Turquie, la Syrie, le Liban, l'Irak afin de mener à bien une thèse sur les chrétiens d'Orient dont il devint un spécialiste. À l'occasion de la sortie de l'un de ses livres, pas sur son sujet de prédilection, mais sur Rimbaud, Patrick le revit à Paris et fit son portrait pour *L'Hebdo*. Lui qui n'avait vécu que dans sa province natale et quelques arrondissements parisiens était fasciné par cet aventurier anachronique qui avait rencontré gens de toutes sortes et de toutes nationalités, qui avait séjourné ou vécu dans des contrées aussi exotiques que dangereuses, qui sautait les frontières tel un vagabond reporter comme d'autres sautent dans un métro ou un taxi. À Istanbul, ils passèrent deux soirées ensemble dans le quartier de Beyoglu où Stéphane vivait désormais. Les cheveux plus courts, le teint plus hâlé, le corps plus épais, il ne ressemblait guère au jeune homme d'autrefois même si la ferveur et le goût de l'aventure l'habitaient toujours. Patrick promit de revenir le voir dans sa ville. Il fallut cinq années et la rencontre avec Laurence pour que la promesse fût honorée.

Ils avaient donc décidé de passer une semaine à Istanbul et une semaine à Beyrouth. En Turquie, depuis l'automne 2015 et la vague d'attentats, dus à l'État islamique ou aux extrémistes kurdes, qui avait frappé le pays, l'ambiance était lourde. La tentative ratée de coup d'État de juillet 2016 et le flot d'arrestations touchant des dizaines de milliers de personnes qui s'ensuivit n'arrangèrent pas les choses. Erdogan profitait des circonstances pour purger tous les corps constitués et réprimer des opposants n'ayant rien à voir avec les présumés putschistes, les adeptes du prédicateur Gülen – exilé aux Etats-Unis – qui avaient été longtemps ses alliés. La situation était violente, ubuesque. Des amis turcs de Stéphane avaient été arrêtés, d'autres avaient préféré partir à l'étranger. Il avait déconseillé à Patrick de venir. « Attendez un peu, ce n'est pas forcément le bon moment », avait-il écrit dans un mail sibyllin. Pas question, décida Patrick. De toute façon, il existait autant de chance, voire plus, de tomber sous les balles ou les bombes de terroristes à Paris qu'à Istanbul. Ces temps troublés avaient au moins un avantage pour les deux Français : le tourisme s'était effondré en Turquie et ils purent se loger au mythique hôtel Pera Palace pour une bouchée de pain.

Patrick et Laurence débarquèrent à l'aéroport Atatürk le vendredi 31 mars peu après 18 heures. Depuis le taxi roulant à vive allure, ils aperçurent des morceaux des murailles qui n'avaient pas suffi à sauver Constantinople. À un endroit, un garagiste avait installé sa petite entreprise au cœur même d'un tronçon de muraille. Pourquoi pas ? Finalement, ce soir-là, les embouteillages furent moins monstrueux que prévu aux abords de la mégalopole d'une quinzaine de millions d'habitants – on ne savait pas vraiment. Au bout de quarante minutes en compagnie d'un chauffeur à la conduite aussi virtuose que ses compétences étaient maigres en anglais, ils se trouvèrent devant le Pera. Un SMS de Stéphane leur donna rendez-vous à 21 heures dans un bar au pied de la tour de Galata. Ils s'y rendirent en descendant des rues bondées de jeunes gens et de moins jeunes qui sortaient eux aussi. Non loin du Pera, un autre hôtel, devant lequel stationnaient des voitures luxueuses d'où s'échappaient des élégantes et des élégants, accueillait visiblement une soirée privée huppée. Un peu avant, Patrick avait repéré le Meze by Lemon Tree, un restaurant qu'il voulait absolument honorer. Il fut frappé par sa ressemblance avec le Comptoir du relais. En s'approchant de Galata, ils passèrent devant des échoppes pour touristes, des luthiers, des épiceries, des bars, des magasins d'antiquités plus ou moins antiques, des boutiques de vêtements. En dépit du sombre diagnostic de Stéphane, la ville semblait bien vivante, elle grouillait même. L'électricité particulière des vendredis soir palpitait dans l'air. Depuis une terrasse d'un des cafés situés sur la place encerclant la tour, une silhouette s'élança le bras levé.

— Enchantée, Patrick m'a beaucoup parlé de vous, dit Laurence.

Stéphane proposa le tutoiement avec le naturel que possèdent ceux qui ont beaucoup vécu.

Le Stambouliote d'adoption commanda trois bières en leur expliquant que le pouvoir menait depuis des années une guerre ouverte contre l'alcool, y compris dans ces quartiers éminemment touristiques et « occidentalisés », à coups de taxes prohibitives.

— Comme je te disais, ce n'est pas la meilleure époque pour découvrir Istanbul. Tout le monde est très tendu. Les gens de l'AKP soupçonnent quiconque de comploter et répriment à tout-va tandis que les démocrates, les laïcs et les minorités ont peur. Les arrestations pleuvent, les menaces aussi. Plein d'amis s'en vont en attendant des jours meilleurs.

— Et toi, avec tes articles dans les journaux français, tu ne crains rien ?

— Non, tant que je suis prudent et que mon ton reste franc mais courtois, ils laissent faire. Et puis, je suis français. C'est quand même une protection.

Après avoir évoqué la guerre en Syrie et en Irak contre l'État islamique, régions dans lesquelles Stéphane s'était rendu ces derniers mois pour des reportages, il proposa d'aller dîner dans un restaurant arménien situé non loin de chez lui. Ils passèrent devant le lycée français de Galata, où il avait enseigné un temps, avant de prendre une ruelle occupée par une trentaine d'uniformes armés et casqués que l'on aurait nommés CRS en France.

— Ils ont toujours été là. Même avant les attentats et le coup d'État. Stationnés entre Galata et la place Taksim, au cas où cela chauffe.

De l'extérieur, le restaurant situé à l'angle d'une rue dans un demi-sous-sol ne ressemblait à rien. À l'intérieur non plus d'ailleurs. Une lumière blafarde, des armoires réfrigérées présentant des plats et des tables en bois couvertes de nappes en papier accueillaient les convives. Stéphane salua un serveur, précisa qu'il avait réservé pour trois, ce qui semblait superflu dans le petit restaurant à moitié vide. Patrick pensa avec regret au chaleureux Mezze entrevu tout à l'heure. Les cartes arrivèrent. Pas de vin, mais des bières et du raki. Patrick s'efforça de choisir dans le menu en anglais, mais le serveur leur conseilla d'autorité des plats qu'ils pouvaient voir dans les armoires.

— Faisons-lui confiance, c'est toujours très bon ici, trancha Stéphane.

En effet, ce fut succulent. Les tournées de raki s'enchaînèrent. Patrick et Stéphane échangeaient de vieux souvenirs.

— Quand je te voyais au café Saint-Sernin, tu lisais toujours Drieu…

— Et toi, tu avais une fleur de lys à ton revers…

— Vous vous êtes rencontrés comment ? demanda Stéphane à Laurence qui raconta.

— C'est très beau, conclut Stéphane. Vous savez, je vais me marier en septembre, en France. J'espère que vous pourrez venir.

Il évoqua sa future épouse, Simone, avocate comme Laurence, de dix ans plus jeune que lui et issue de la minuscule communauté juive d'Istanbul. Ils ne la verraient pas durant leur séjour, elle était à Ankara pour son travail.

— Au fait, tu viendras à l'anniversaire de Fred ? J'ai vu que tu étais sur la liste des invités, dit Patrick.

— Pas sûr, je vais essayer, mais nous serons dans nos préparatifs de mariage.

— Viens, cela peut être drôle la réunion des vétérans…

— Et sinon, vous avez vu le Bosphore ?

— Juste aperçu depuis le taxi, répondit Laurence.

— Allons-y, il faut le voir la nuit. Et puis, une croisière est inévitable. Prenez un bateau pour aller voir Saint-Sauveur-in-Chora, c'est le parcours le plus plaisant…

Après un détour par le fleuve, Stéphane leur proposa de les raccompagner à l'hôtel. Il fallait maintenant emprunter des rues sacrément montantes.

— On aurait pu prendre le Tünel, c'est le funiculaire souterrain qui rejoint Beyoglu, mais le trajet est plus agréable à pied quand on n'est pas pressé ou fatigué, commenta Stéphane qui le long du parcours les bombarda d'informations sur tel ou tel bâtiment, sur l'endroit où avait résidé André Chénier, sur l'ancienne Banque ottomane… Laurence reconnut l'escalier Camondo. Patrick avait hâte de découvrir la qualité de la literie du Pera Palace. Alors qu'ils s'approchaient de l'hôtel, Stéphane leur proposa de venir prendre l'apéritif chez lui le lendemain soir. Il présenterait à Laurence et Patrick l'une de ses amies françaises expatriées qui louait des appartements aux touristes étrangers.

— Mais je ne veux pas vous imposer ma présence, vous avez sans doute envie d'être seuls, ajouta-t-il.

Ils acceptèrent volontiers l'invitation pour le lendemain et quittèrent Stéphane devant le Pera après lui avoir proposé un dernier verre qu'il déclina.

— Il est très gentil, dit Laurence.

— Oui, il est charmant, très cultivé et il a eu un parcours peu commun… Cela me rassure de voir ce type de profils dans cette époque si formatée.

Ils prirent un dernier raki au bar de l'hôtel, gagnèrent leur chambre et s'endormirent presque aussitôt la tête pleine de promesses que leur avait chuchotées Istanbul.

XIX

À Istanbul, les jours filèrent à la vitesse d'une tournée de raki. Usant le moins possible du métro, du tramway et des taxis, ils marchaient des kilomètres, des dizaines de kilomètres sans jamais se lasser du spectacle des rues. Ils se plièrent de bonne grâce à l'immanquable croisière sur le Bosphore et prirent à nouveau un bateau lors de leur excursion à destination de Saint-Sauveur-in-Chora. Dans un guide, Patrick avait ciblé un restaurant situé juste à côté de l'église, spécialisé dans la cuisine ottomane des siècles passés. Ce qui n'aurait pu être qu'un simple piège à touristes se révéla une excellente adresse. Avant d'atteindre l'église, objectif pour lequel – toujours selon les guides – les murailles de Théodose étaient censées servir de boussole, ils se perdirent dans des rues tristes où des petits immeubles décrépits étaient couverts d'antennes paraboliques. Peu de passants à l'exception d'autres touristes qui consultaient eux aussi dubitativement leurs plans. En empruntant ce que Patrick croyait être un astucieux raccourci et qui se révéla une impasse, ils tombèrent sur une école coranique dans la cour de laquelle une fillette en burqa jouait avec un cerceau.

Patrick redécouvrait la ville de manière plus posée et voluptueuse que lors de son premier séjour. Sainte-Sophie imposait sa majesté défaite. Le palais de Topkapi donnait incontestablement des envies de conquêtes. Il suffisait de visiter les salles des armes – où l'arsenal allait de pistolets et de fusils magnifiques à des lances, des arcs, des sabres, des haches et autres objets tranchants ou contondants encore plus baroques, parfois sertis d'or ou de pierres précieuses – pour se sentir gagné par le désir d'en découdre. N'ayant jusque-là jamais éprouvé la moindre attraction pour les armes, quelle qu'elles soient, Patrick en fut troublé. Il songea à la phrase de Woody Allen : « Quand j'écoute Wagner, j'ai envie d'envahir la Pologne. » Les pièces dédiées aux cuisines n'étaient pas mal non plus. Dans la démesure, *Game of Thrones* n'avait rien inventé. En visitant le harem et ses dépendances, Patrick déclara à Laurence qu'il se sentait résolument ottoman, tendance vizir, pacha, voire sultan.

— Et que ferais-tu de toutes ces femmes ? demanda Laurence. Moi, déjà, je t'épuise...

Il fit mine de l'étrangler. Ils rirent puis s'embrassèrent. À la terrasse d'un bar-restaurant sur l'hippodrome, ils prirent des cafés. Maintenant, ils connaissaient la méthode : le boire d'un trait rapide pour éviter que le marc épais comme de la boue n'envahisse le palais en attaquant les papilles. Patrick refusait d'entrer dans les mosquées, même la bleue. « Hors de question que je me déchausse. » Il l'attendait patiemment, regardait aux alentours la foule, les vendeurs ambulants de simit ou de bouteilles d'eau, les touristes en essayant de deviner leur origine. Il n'y avait pas ou peu de mendiants, sinon quelques enfants et familles qui venaient de Syrie postées près de tentes de fortune. Patrick tenait à ne sauter aucun repas, fût-il parfois improvisé. Une brasserie dotée d'une agréable terrasse, non loin de la Citerne, remplie de plats appétissants que l'on choisissait en les montrant du doigt et servis à la pesée, les dépanna à plusieurs reprises. En sortant du bouillonnant marché aux épices, une gargote qui ressemblait à un campement de bidonville les régala de salades, de brochettes et de kebabs pour une poignée d'euros. Un autre jour, ils déjeunèrent dans un restaurant chic surplombant le Bosphore et Galata où entra un homme important si l'on en jugeait par le nombre de gardes du corps à oreillettes l'accompagnant. Un soir, dans un restaurant de poisson réputé, mais dont la terrasse couverte et la décoration générale évoquaient plutôt le décor d'un film de Kusturica célébrant les Gitans des Balkans, ils virent une chèvre se frayer un chemin entre les tables. La scène ne troubla pas les serveurs ni les chats langoureusement couchés sur les chaises inoccupées du restaurant guettant la fin du service et le moment où le personnel leur présenterait les restes des repas devant l'établissement.

Des chats d'ailleurs, il y en avait des milliers, voire des dizaines de milliers dans la ville. Posés un peu partout : dans les boutiques, devant les boutiques, sur les trottoirs, sur le pont de Galata auprès des pêcheurs attendant sagement une récompense, sur les pas de porte, aux fenêtres, dans les jardins ou les cours, sur les quais, dans le métro, dans les artères commerçantes comme au fond des ruelles, dans les marchés... Calmes, imperturbables, caressés et nourris par les Stambouliotes, ils observaient le ballet des humains autour d'eux. Ni sauvages ni domestiqués, ils n'appartenaient à personne et ils appartenaient à tous ceux qui voulaient s'en soucier. Un bien public, en quelque sorte. Des gamelles d'eau, de croquettes ou de riz témoignaient, dans les moindres recoins d'Istanbul, du soin dont ils étaient l'objet de la part de la population. Les matous étaient même présents le long de l'avenue Istiklal, l'équivalent de nos Champs-Élysées. Sur cette interminable artère apparaissaient des enseignes du commerce mondialisé et quelques boutiques ayant préservé leur antériorité ainsi que leur vocation. La foule était dense, constituée d'à peu près toutes les nationalités du globe, même si les Occidentaux y étaient moins nombreux qu'avant les troubles ayant secoué le pays. On y croisait des écoliers et des écolières sages en uniforme, des jeunes filles portant des jeans taille basse dévoilant le haut de leurs strings, des femmes en burqa souvent accompagnées de leur mari arborant des vêtements siglés, des étudiants aux coupes de cheveux à la mode. Au bout d'un moment déboulait le vieux tramway rouge, aussi mythique que le jaune de Lisbonne, devant lequel les passants s'écartaient.

En serpentant dans les rues, en passant d'une rive à l'autre, Patrick et Laurence savouraient le choc des cultures et des époques, découvraient presque à chaque instant la cohabitation entre l'ultramodernité et l'archaïsme. À côté d'une banque rutilante se trouvait une vieille maison en bois qui n'avait guère dû bouger depuis la fin de l'Empire ottoman. Dans des rues industrieuses, aussi étroites qu'escarpées, tout se portait à dos d'homme : des montagnes de tissus, des pyramides de pain, des sacs énormes… Les taxis s'annonçaient dans des cascades de klaxon. Le long du Bosphore, les embouteillages prenaient une dimension dantesque. Pourtant, il suffisait de s'éloigner de quelques dizaines ou centaines de mètres au cœur même du centre historique pour échapper au tumulte. On se retrouvait alors dans des rues dont la quiétude ressemblait à une parenthèse. Ainsi celle abritant le musée de l'Innocence créé par Orhan Pamuk à Çukurcuma, au cœur de Beyoglu. L'écrivain avait songé à cet endroit en écrivant le roman éponyme, mais le musée comme le livre existaient indépendamment l'un de l'autre. Dans cette petite maison rouge de deux étages, le Prix Nobel de littérature avait rassemblé des milliers d'objets plus ou moins directement liés à son roman et à l'histoire d'amour des deux principaux personnages. En entrant, on découvrait un panneau où étaient fixés plus de 4 000 mégots accompagnés d'une légende, ceux des cigarettes fumées par l'héroïne lors des quelques 500 pages du roman. Patrick trouva que cette installation ridiculisait une bonne part de celles produites par l'art contemporain tout en distillant a contrario, et en usant apparemment des formes dévitalisées d'un certain snobisme, un extraordinaire sentiment d'humanité concrète. Le reste était à l'avenant.

À travers les vrais-faux objets d'un récit fictionnel, l'artiste avait donné naissance à un cabinet de curiosités d'une intensité peu commune. Des sentiments, des ambiances, des sensations s'échappaient des milliers de photos, de jouets, d'affiches, d'ustensiles divers, de vignettes de joueurs, d'acteurs ou d'actrices, d'affiches, de montres, de portraits de famille, de cartes d'identité... Tout ce qu'une vie terrestre pouvait utiliser dans son quotidien semblait avoir été réuni dans des boîtes ou à l'intérieur de vitrines. De cet apparent bric-à-brac se dévoilaient des enfances, des généalogies, des destins, des histoires. Assez vite, Patrick eut la gorge et le cœur serrés. Il avait l'impression de connaître ces silhouettes en noir et blanc des photographies ou des films projetés, d'avoir connu les êtres qui avaient griffonné ces lettres, bu dans ces tasses et ces verres, fumé ces cigarettes. Au deuxième étage surgissait une chambre comme un mausolée. Etait-ce une chambre d'enfant ? Peut-être que la lecture du roman apporterait une réponse. Depuis un moment, il tenait la main de Laurence, l'embrassait parfois sur la joue, souriait pour donner le change. Cette nostalgie à couper au couteau, cette douce mélancolie le bouleversaient. Était-ce cela qui resterait de nous si un archiviste aussi consciencieux et inspiré qu'Orhan Pamuk se penchait sur notre pauvre existence ?

De retour dans la rue, ils déambulèrent en silence et au hasard avant de découvrir un porche devant lequel était posée une ardoise affichant un menu écrit à la craie. Ils s'avancèrent en découvrant un jardin comme à l'abandon, empruntèrent un petit escalier donnant sur une terrasse ombragée appartenant à une vaste demeure qui semblait avoir été bombardée. Une jeune file vint à leur rencontre, ils demandèrent en anglais s'ils pouvaient déjeuner. Elle acquiesça dans un sourire, les invita à s'installer à la grande table vide de la terrasse et leur présenta une autre ardoise. Ils choisirent au hasard. Patrick entra dans la maison pour aller aux toilettes, traversa des pièces en travaux couvertes de bâches et jonchées de gravats, aperçut ce qui devait être la cuisine et repéra les commodités. Le repas fut une fois de plus délicieux. Ils commandèrent deux cafés, un chat tourna autour des jambes de Laurence avant de se coucher au soleil. Patrick envoya un SMS à Sébastien dont il n'avait pas de nouvelles depuis quatre jours sans que cela ne le chagrine. Père indigne. Non, père heureux. De toute façon, son fils ne lui en voudrait pas. Ou bien, il comprendrait plus tard que l'amour se partage, qu'il peut conduire à de petites infidélités éphémères qui ne sont jamais graves. Deux minutes plus tard, un SMS le rassura : « Je bosse ! Profitez-en bien. Je t'embrasse et Laurence aussi. »

Lors de leur dernier soir à Istanbul, ils avaient invité Stéphane au Meze by Lemon Tree afin de le remercier pour sa disponibilité, pour ses conseils, pour les soirées qu'il leur avait consacrées. Ce fut un dîner joyeux, sacrément arrosé. Auparavant, Stéphane n'était venu qu'une fois dans ce restaurant. Patrick se moqua de lui. Ils évoquèrent Beyrouth où, sans surprise,

Stéphane connaissait nombre de personnes intéressantes auprès desquelles il pouvait les introduire.

— Pas besoin, Laurence a aussi son carnet d'adresses. Nous devons voir des amis à elle qu'elle n'a plus revus depuis vingt-cinq ans au moins !

Ils trinquèrent à nouveau. Quelques instants plus tard, en quittant Stéphane devant le Pera, Patrick lui fit promettre qu'il serait présent à l'anniversaire de Fred.

XX

À Beyrouth, Patrick et Laurence n'eurent pas le loisir de regretter Istanbul. Une autre ville singulière et foisonnante les attendait. La nostalgie stambouliote, ce que Pamuk évoque dans ses livres sous le terme de *hüzun*, les tarauderait plus tard. Ils arrivèrent peu après midi à l'hôtel Radisson, non loin du bord de mer, à l'entrée duquel ils durent déposer leurs bagages sur un tapis roulant de contrôle avant de franchir un portique de sécurité comme dans les aéroports depuis le 11-Septembre. Au regard de leur passé chaotique, des attentats et des guerres ayant frappé le Liban ces dernières décennies, les Beyrouthins n'avaient sans doute pas attendu la chute des Twin Towers pour être vigilants. Les autres lieux publics confirmèrent aux Français l'attitude précautionneuse du Radisson tandis que, dans la ville, ils découvriraient bientôt la présence récurrente de membres de l'armée, de la police militaire, de la police ainsi que d'agents de sécurité privés et de gardes du corps. De fait, outre les check-points et les camions chargés de soldats stationnés près de bâtiments officiels, ce déploiement de forces assurait un sentiment de sécurité que peu de capitales occidentales pouvaient garantir à leurs habitants ou à leurs touristes.

À son habitude, Patrick avait préparé le séjour, lisant guides et plans sur lesquels les multiples rues ou avenues portant des noms français l'avaient rasséréné. Décidément, le vieux pays n'avait pas dit son dernier mot et la francophonie voire la francophilie n'étaient pas encore des langues mortes. Gouraud, Clemenceau, Weygand, Foch, Curie, Pasteur et même Barrès affichaient fièrement leurs patronymes. Le protectorat français n'avait pas laissé que de mauvais souvenirs. À une rue Paris succédait la rue du Général-de-Gaulle. Non loin, il y avait une rue Verdun. « On est un peu chez nous », disait-il à Laurence. Hélas, à sa grande déception, Patrick allait constater que nombre de ces rues, et nombre des rues de Beyrouth en général, ne comportaient pas de plaques, du moins pas de plaques en français, et que leur dénomination encore en vigueur sur les plans était tombée dans l'oubli chez les autochtones. Plus troublant encore, de nombreuses rues et même de longues avenues n'avaient pas de numéros. En fait, les Beyrouthins usaient d'autres façons pour se repérer : par exemple, en fonction d'un bâtiment ou d'un magasin célèbre. Ou bien encore d'événements échappant totalement à un touriste comme l'emplacement d'un ancien check-point syrien, l'endroit où avait été enlevé un tel ou assassiné un autre. Dans ce dernier registre, l'attentat ayant tué en février 2005 le Premier ministre Rafic Hariri ainsi qu'une vingtaine de personnes, au pied de l'une des entrées de l'hôtel Phoenicia et non loin de l'hôtel Saint-Georges, servait de boussole pour beaucoup.

En dépit de ces difficultés topographiques, ils aimèrent Beyrouth, son chaos, son choc des cultures et des traditions, ses buildings ultramodernes dignes de Miami ou de Los Angeles voisinant avec l'ancien Holiday Inn criblé de balles et d'impacts d'obus, ses échoppes miteuses et ses anciennes habitations ou façades portant des traces des styles Art déco, Art Nouveau ou ottoman. Devant certains chantiers ou immeubles délabrés, on ne pouvait savoir si l'on était en train de détruire quelque chose, de construire autre chose, ou ni l'un l'autre. Sur les avenues et les grandes rues, la voiture était reine. Il n'y avait pas de transports en commun, pas de métro, pas de tramway, quelques très rares bus ou camionnettes aménagées en bus s'arrêtant à des stations aléatoires. Les taxis, le plus souvent collectifs, les remplaçaient. Patrick et Laurence aimaient se déplacer à pied. Même dans cette ville si peu faite pour les piétons, ils ne dérogèrent que rarement à leur penchant pédestre. Tous les vingt mètres, un taxi les hélait en klaxonnant. Peine perdue. Le chauffeur devait se demander qui étaient ces originaux. De temps en temps, des cortèges de SUV ou de 4 × 4 noirs aux vitres fumées filaient à vivre allure, ces véhicules que l'on pouvait légitimement supposer blindés devaient abriter des personnages importants. Dans les rues commerçantes, comme Hamra, des urnes, le plus souvent transparentes, invitaient les passants à la charité pour les miséreux. Les bonnes œuvres du Hezbollah envers les nécessiteux. Une photo d'un cheik à l'air patelin mais auquel Patrick, instinctivement, n'aurait pas confié son portefeuille ou son passeport, était en général collée sur l'urne dans laquelle s'entassaient des billets. Apparemment, il ne venait à l'idée de quiconque de taper dans l'urne ou tout simplement de la dérober. Patrick n'imaginait pas un tel système à Paris ou dans n'importe quelle ville française. Ici, les voleurs devaient savoir à quoi s'en tenir.

On peinait aussi à imaginer comment un peuple apparemment débonnaire et si civique avait pu se massacrer durant la quinzaine d'années de la guerre débutée en 1975. Des Palestiniens aux Syriens en passant par les Israéliens, des voisins constituèrent des acteurs déterminants, voire déclencheurs, mais les diverses communautés libanaises s'y étaient investies avec ferveur et persévérance. Bachir et Amine Gemayel, Walid Joumblatt, Nabih Berri, Samir Geagea : ces noms avaient bercé la génération de Patrick et Laurence, alors adolescents, au rythme des journaux télévisés des années durant. D'autres termes ou acronymes – Organisation du Jihad islamique, OLP, chiites, Finul, Hezbollah, druzes… – devinrent également familiers ainsi que les patronymes des otages français égrenés chaque soir avant le JT. Le Liban qu'ils découvraient était très loin et très proche de cette époque. En dépit de la restauration clinquante et luxueuse du cœur de la ville, des vestiges des années terribles avaient subsisté comme le mythique hôtel Saint-Georges abandonné et délabré, son propriétaire ayant préféré le laisser en l'état plutôt que de le livrer à la spéculation immobilière qu'illustrait une foule de gratte-ciel voisins sur la marina. « L'œuf », surnom donné au dôme du centre commercial de plusieurs étages, situé juste après la place des Martyrs, renvoyait lui aussi à la guerre. Jamais achevé, troué, éventré, ravagé par les obus ou les roquettes, mais épargné par les projets de réhabilitation refusés par les Beyrouthins, il narguait la modernité rutilante qui s'affichait ailleurs, notamment aux Souks qui portaient mal leur nom puisqu'il s'agissait en fait d'un gigantesque centre commercial ultramoderne accueillant des marques internationales. Au bout des Souks, Patrick et Laurence tombèrent sur un bel et modeste immeuble, visiblement ancien, à la façade ocre, elle aussi marquée par des impacts de balles, mais plus discrètement qu'ailleurs. Inoccupé, ce bâtiment les intrigua par son incongruité au milieu de cet espace voué à la marchandise. Ils apprirent quelques jours plus tard que la bâtisse avait abrité l'ancien siège du journal *L'Orient-Le Jour*.

Décidément, la guerre se rappelait sans cesse aux souvenirs des oublieux. Ces bâtiments en souffrance lançaient un avertissement plus convaincant que n'importe quelle déclaration de responsable politique. Ils annonçaient ce qui attendait le pays si jamais il renouait avec les démons de la guerre civile. De leur côté, les deux Français batifolaient, vagabondaient, s'émerveillaient d'un rien. Des chats maigres au poil rat quittaient leurs poubelles et venaient miauler à leurs pieds quand Patrick et Laurence prenaient un verre à la terrasse du café à côté du Radisson. Visiblement, le Beyrouthin était moins soucieux des félins que le Stambouliote. Dans les verres, l'arak avait remplacé le raki, mais l'ivresse était la même : joyeuse, méditative, langoureuse. C'étaient des alcools hors du temps, dotés de paysages intérieurs et de sentiments propres, apportant un détachement revigorant. Leur consommation n'était ni frivole ni insouciante. « C'est comme entrer dans une église », dit Patrick, un soir, après la troisième tournée d'arak brun. Laurence se moqua de lui. De l'arak, ils en achetèrent à la boutique du domaine des Tourelles, le plus ancien domaine du pays fondé au milieu du XIXe siècle par des Français, sur laquelle ils tombèrent par hasard en se promenant dans le quartier d'Achrafieh. Le patron de la boutique, Lucien, solide et sympathique gaillard au crâne ras approchant des quarante ans, leur fit déguster toute la gamme des vins, leur parla dans un français parfait dénué du moindre accent du déclin de la francophonie au Liban tout en déplorant la façon dont la France se montrait trop soumise et permissive face à ses musulmans.

— Moi, je ne suis pas raciste, dit-il. Ici, c'est impossible. Je suis chrétien, mais j'ai des amis chiites, sunnites. Je n'oublie pas que le Hezbollah avec ses 10 000 roquettes nous protège d'Israël. Je ne suis pas d'extrême droite, mais chez vous, il n'y a que Marine Le Pen qui voit les choses en face.

Patrick avait craint et anticipé la chute de la tirade. Lucien poursuivit :

— Vous vous laissez faire, vous êtes trop faibles. Ils vont vous passer sur le ventre. Nous, au Liban, on a vu ce que cela donnait.

Ni Laurence ni Patrick ne pipèrent mot. Ils étaient accueillis chaleureusement et généreusement. Le maître des lieux avait le droit d'exposer ses vues. Ils achetèrent trois bouteilles de rouge et deux bouteilles d'arak brun en quittant Lucien avec regret, malgré ses vues tranchantes sur la marche du monde.

Au marché bio, situé sur l'esplanade entre les Souks et l'ancien siège de *L'Orient-Le Jour*, ils croisèrent beaucoup de touristes occidentaux, français et franco-libanais avec lesquels ils échangèrent – la langue créant aussitôt un climat propice au dialogue. « Bobos de tous les pays, unissez-vous », souffla Patrick dans un ricanement.

Le deuxième soir de leur séjour, Patrick et Laurence dînèrent avec Sandro et Alain, deux amis libanais avec lesquels Laurence s'était liée à Lyon durant ses études. Les Libanais avaient séjourné en France à la fin des années quatre-vingt quand leur pays était en guerre. Cela faisait, peu ou prou, vingt-cinq ans qu'ils ne s'étaient pas revus. Patrick assista légèrement intimidé aux retrouvailles dans le restaurant Luigi que tenait Sandro. Manière de passager clandestin, il était ému par procuration. Les conversations reprenaient, des souvenirs remontaient, des noms servaient de mots de passe. Certaines phrases ne s'achevaient pas. Patrick sentait une gêne chez les interlocuteurs de Laurence, comme si un secret, ou des secrets, les reliant ne pouvait être évoqué devant un inconnu. Sandro soupirait dans un sourire teinté de tristesse, Alain baissait les yeux. Patrick ne croyait pas que l'un ou l'autre, ou bien les deux, avaient été les petits amis de Laurence. Non, c'était autre chose. La gêne se dissipa, laissant place à des rires qui surgissaient à l'évocation d'épopées grandioses et dérisoires de leur jeunesse estudiantine perdue. Patrick savourait ce moment, ce morceau de temps suspendu.

Le dîner fut délicieux et copieux, généreusement arrosé de bouteilles de rouge du domaine Ixsir aidant à faire réveiller les souvenirs. Les gens sont plus gentils quand ils sont en nostalgie, songea Patrick. Les nostalgiques sont pacifiques, tendres, sensibles, aimables dans tous les sens du terme. Alain, Sandro et les leurs avaient dû quitter le Liban à de nombreuses reprises au gré de l'intensité du conflit et se réfugier plus ou moins longuement dans des contrées – France, Arabie, Espagne, Canada… – où ils comptaient de la famille. Patrick trouvait à ces anciens exilés la douceur un peu lasse et le regard aiguisé de ceux qui ont déjà vu beaucoup de choses. D'un coup, une anecdote embrasa la table. Un jour, au début des années quatre-vingt-dix, alors que le Liban avait enfin renoué avec la paix, Sandro avait décidé presque sur un coup de tête de rentrer au pays au volant d'une Fiat Punto de location. Mais la traversée des Balkans par voie terrestre dans ce fragile véhicule s'avéra plus périlleuse que prévu – la Yougoslavie ayant à son tour cédé au poison de la guerre civile – et le sémillant voyageur dut se résoudre à embarquer sur un bateau et à abandonner sa Punto prête à rendre l'âme afin de retrouver Beyrouth. L'alcool aidant, Patrick croyait déceler dans certaines phrases apparemment banales de Sandro et Alain une valeur d'aphorisme. « Ce qui devait être fait a été fait », trancha à un moment Alain. Sandro compléta par un « Et nous, on est là… », lâché dans un sourire dissipant un voile de mélancolie. Ils se quittèrent autour de minuit et promirent de se revoir avant leur départ. Alain raccompagna à bord de sa voiture le couple de Français. Il leur proposa de les amener à Byblos dans la semaine et de les inviter à dîner chez lui car ses parents seraient heureux de revoir Laurence. Elle acquiesça.

— Tu ne t'es pas trop ennuyé, mon cœur, avec toutes ces histoires ? demanda-t-elle en faisant glisser son sac sur le tapis roulant du Radisson.

— Tu plaisantes ? J'ai passé une excellente soirée, ils sont charmants et très drôles.

Les jours suivants, il fit la connaissance de la famille d'Alain et revit Sandro dans son restaurant. Bizarrement, ces présences humaines se fichèrent dans sa mémoire et son esprit, peut-être parce qu'elles étaient liées à Laurence, à une Laurence qu'il n'avait pas connue, qu'il ne connaîtrait jamais et qu'il aimait pourtant du plus profond de son être.

XXI

De retour à Paris, le quotidien reprit le dessus. Le premier tour de l'élection présidentielle approchait et le pays s'apprêtait apparemment à élire Emmanuel Macron. Patrick s'en félicitait. La victoire de ce héros balzacien allait donner un bon coup de pied dans la fourmilière. En quelques semaines, Sarkozy, Juppé, Fillon et Hollande avaient dû ou allaient devoir tirer leur révérence. Pas trop tôt. Plus de trente ans que Juppé était ministre ou Premier ministre lors de longues intermittences. S'il avait eu la moindre capacité à diriger la France, on s'en serait sans doute aperçu avant 2017. Ces types n'avaient vécu et prospéré que sur leurs mandats et leurs fonctions durant des décennies, avec des résultats objectivement médiocres ou très médiocres, qui leur auraient valu dans n'importe quelle autre activité que la politique un rapide licenciement. Il était temps de s'en débarrasser. Et d'autres crocodiles subiraient le même sort aux législatives.

À *L'Hebdo*, maintenant que le sacre de Macron se dessinait, l'enthousiasme pour le candidat d'En marche ! s'affichait clairement. Pendant les vacances de Patrick, Solange Bernard avait demandé à superviser l'organisation des pages « Air du temps » dont il avait la charge. À son arrivée au journal, le lundi matin à 9 heures, Patrick découvrit les mines déconfites des journalistes de son service qui l'informèrent de la situation. Durant son séjour à Istanbul et Beyrouth, il n'avait même pas cherché une version papier du journal ni consulté la version numérique. En feuilletant les deux numéros, il découvrit les dégâts. La Bernard avait remodelé une partie de la mise en page, supprimé des articles programmés qu'elle avait remplacés par des sujets n'ayant rien à voir avec les thèmes et le style que Patrick avait institués depuis des années.

Il fila directement au troisième étage pour avoir des explications sur ce capharnaüm, frappa énergiquement contre la porte du bureau de Cruchet et l'ouvrit aussitôt.

— C'est quoi ce bordel ? s'exclama Patrick en jetant sur le bureau le dernier numéro de *L'Hebdo* ouvert sur les pages « Air du temps ».

— Ce bordel, ce bordel… Comme tu y vas. Solange a juste proposé une réorganisation des pages, elle avait peur qu'en ton absence ta rédaction soit un peu perdue...

— Tu plaisantes ? J'avais tout calé. Je ne pars jamais sans m'être assuré que mes pages sont prêtes à partir à l'imprimerie et l'autre conne fout le bordel ? On va rectifier ça très vite ou je me barre, conclut-il en faisant claquer la porte derrière lui.

Ce fut au tour de Solange Bernard de subir l'ire du revenant. À peine avait-il franchi la porte de son bureau que, devançant l'offensive, elle attaqua.

— Ah, tu tombes bien. Il faut qu'on parle. Les process de ton équipe retardent la bonne marche du journal. On doit savoir bien en amont quels seront vos sujets afin de prévoir de les faire remonter sur le digital. Sinon, on va perdre de l'audience avec vos manies d'un autre temps...

Patrick sourit d'un rictus digne d'Eastwood dans *L'Inspecteur Harry*, s'avança devant son bureau sur lequel il posa ses deux poings en penchant un visage fulminant au-dessus de sa collègue.

— Écoute-moi bien, connasse. Tu as toujours foutu le bordel dans ton service, martyrisé les journalistes, vexé ou humilié tous ceux qui travaillent de près ou de loin avec toi. Tu changes d'avis tout le temps, tu reproches aux autres les conséquences de ta propre incompétence. Je ne veux pas savoir si tu es bipolaire, sadique, nulle, dingue ou tout cela à la fois. Mais si tu t'approches à nouveau de mes bureaux et de mes collaborateurs, je te fais passer par la fenêtre. Tu as compris ? Tu as compris ?

Cette fois, il ne claqua pas la porte et regagna son bureau avec un soulagement mêlé d'inquiétude. Dans un film hollywoodien, les témoins de la scène auraient applaudi Patrick. Mais on n'était pas dans un film. Insultes, menace de mort : si la Bernard décidait de se plaindre, de la jouer pauvre femme harcelée par un mâle dominant, ce n'était pas gagné.

Finalement, elle abdiqua, encaissa le coup et se fit même moins odieuse durant quinze jours avec sa propre équipe. À sa grande surprise, Patrick aurait fait un bon DRH, mais ses capacités-là ne furent pas relevées par sa hiérarchie. Il n'en conçut aucune amertume et ressentit le soulagement d'être épargné pour l'instant des manigances du dragon. Son coup de sang lui valut paradoxalement des témoignages de sympathie au sein du journal. Une bise ici, un pouce levé là, un « Merci » chuchoté ou un clin d'œil ailleurs, des hochements de tête en guise de salut de la part d'employés qu'il ne connaissait pas récompensaient Patrick. Pas besoin de story, de tweet ou de post sur Facebook, le récit du clash avait « buzzé » – comme on aurait dit sur les réseaux sociaux. Le bon vieux bouche-à-oreille avait fait son œuvre devant les machines à café, dans les couloirs, les bureaux ou les ascenseurs.

De son côté, Laurence s'était replongée dans le travail avec une ferveur de pénitente désirant expier ses fautes. Même si elle avait consulté ses mails durant les vacances et avancé sur certains dossiers, le retard s'était accumulé. Certains soirs, elle ne quittait le cabinet qu'à 22 heures, des déplacements en province s'enchaînaient. Ils se virent moins. Cela pesait à Patrick qui épuisa assez vite les plaisirs de son célibat retrouvé : une soirée foot-pizza avec Antoine, un film avec Sébastien, des cocktails mondains fréquentés jusqu'à l'ivresse… Certains soirs, seul chez lui, il renouait avec l'un de ses anciens péchés mignons. Patrick pouvait passer des heures sur YouTube qui lui permettait de renouer avec des souvenirs, avec ce qu'il avait été et qu'il était encore. L'activité présentait l'avantage de gaspiller quelques heures avant de chercher le sommeil.

Des séquences d'*Apostrophes* des années soixante-dix ou quatre-vingt où les invités fumaient sur le plateau, des clips, des bouts de films, des extraits de concerts, des interviews d'artistes, des buts d'anthologie : de tout cela, il faisait son miel en parvenant à effacer, avec plus ou moins de bonheur, Laurence de son esprit. Par capillarité, une recherche en entraînait une autre ou proposait une occurrence qui lui avait échappé. En cherchant un clip d'Elli Medeiros réalisé par Olivier Assayas, il dénicha une interview et un portrait de la chanteuse pour un journal télévisé d'Antenne 2 de 1979. Il se rendit compte qu'elle fut dans ses jeunes années le portrait craché de Laurence. Pour ses amis d'alors et lui, Elli Medeiros était leur idéal féminin. À un moment des *Nuits de la pleine lune* de Rohmer dont elle avait composé la musique avec Jacno, on l'apercevait danser lors d'une soirée donnée dans un grand appartement peuplé de gens que l'on appellerait plus tard « bobos ». Patrick avait seize ans quand il vit le film en reprise dans un cinéma de quartier et il eut le pressentiment que ses premières amours ressembleraient à cela. Il ne s'était pas beaucoup trompé. Les films et les livres disent depuis déjà longtemps ce que nous avons été et ce que nous serons.

Toutes les images et les sons, ou presque, qui l'avaient pour une part constitué étaient désormais disponibles sur Internet. Mémoire intime et collective ouverte à tous, à n'importe quel instant, accès garanti, aucune rupture de stock à prévoir et même, au contraire, un afflux permanent de nouvelles images. Peut-être qu'il n'y avait plus rien à faire ni à raconter. Juste regarder. Aux nostalgiques comme lui, cet outil offrait un réconfort et un poison les renforçant dans leur vice. Il ne se privait pas de succomber au plaisir trouble de feuilleter sa vie d'avant gorgée d'espérances et de soif de premières fois.

Un soir de désœuvrement l'amena à revoir Basile Boli fêtant la victoire de l'Olympique de Marseille en finale de la Coupe d'Europe des clubs champions en 1993 à Munich. Il avait été l'unique buteur de ce match historique ayant vu un club français glaner la compétition suprême. Deux ans auparavant, l'OM avait échoué face à l'Étoile rouge de Belgrade et, à la fin de la séance de tirs au but soldant la victoire des Yougoslaves, le colosse Boli fondit en larmes. Ces grosses larmes d'enfant inconsolable, de celles que chacun a connues, émurent. La presse appela cela « les larmes de Bari ». À Munich, en 1993, le trophée remporté, le joueur se précipita vers le virage du stade où se trouvaient les supporters marseillais en mimant avec ses index des larmes coulant sur ses joues avant de les congédier d'un autre mouvement de ses index. « Plus jamais de larmes », répétait-il. La scène était simple et forte. Plus jamais de larmes : Patrick aurait aimé se faire cette promesse et s'y tenir. Laurence semblait lui offrir cette possibilité. Mais si elle le quittait ? Leur histoire était si fraîche, si neuve. Qui pouvait imaginer ce qu'ils deviendraient ? Il avait confiance en elle, en leur amour si évident, si naturel, si entier. Après son mariage raté, ses déboires amoureux, il ne voulait plus souffrir. Plus jamais de larmes, comme Boli.

Laurence et Patrick avaient échangé des SMS avant le dîner au restaurant qu'elle devait honorer avec un client important au cœur d'un litige évalué entre 500 et 800 000 euros. Il était plus de 23 heures, il décida de l'appeler. Elle venait de rentrer, cela s'était bien passé, elle avait rassuré son client pour cette affaire dont elle estimait ses chances de succès à 60 %. En l'écoutant, Patrick se félicitait de n'avoir pas à jongler avec de telles responsabilités, de telles incertitudes, de telles angoisses qui paraissaient glisser sur elle. Ils parlèrent encore un peu, s'embrassèrent par téléphone et elle lui promit qu'à partir de vendredi soir et durant le week-end elle serait entièrement disponible. « Toute à toi », dit-elle d'un ton enjoué. Ils raccrochèrent après de nouveaux baisers virtuels. Et lui, combien de chances de succès donnait-il à leur couple ? 60 ? 70 % ? 80 ou 90 % aurait été présomptueux. Il ne s'agissait pas de faire le malin, se dit-il en réalisant que le malin désignait aussi le diable. Diable, étymologiquement : ce qui divise. Bon, son cerveau fonctionnait maintenant comme YouTube. Il était temps de se coucher.

XXII

Mercredi 20 avril, à midi, deux mails de Fred – en fait le même mail envoyé deux fois – apparurent dans l'ordinateur de Patrick. L'imminent quinquagénaire battait le rappel. Exactement un mois avant la soirée d'anniversaire, il demandait les confirmations définitives de la part des invités, indiquait le déroulement de la soirée et du lendemain (arrivée attendue le samedi 20 mai à partir de 19 heures dans la villa louée boulevard Armand-Duportal, brunch prévu au même endroit le lendemain à partir de midi), proposait des références d'hôtels ou d'appartements Airbnb pour ceux venant de loin, etc. « En cette période, il devrait faire beau. La maison est dotée d'une vaste piscine. Pensez aux maillots ! » Ainsi achevait-il sa missive ponctuée d'un smiley. Patrick répondit en assurant de sa présence ainsi que de celle de Laurence. Le mail envoyé, il décida d'appeler son ami.

Fred l'informa de l'avancée de l'événement. Des noms d'invités réveillèrent des souvenirs plus ou moins précis chez Patrick. « Attends, Sarah, la blonde avec des gros seins ? », « Paul Bertrand, la tête de fion qui ne jurait que par BHL ? Que fait-il maintenant ce con ? », « Putain, Pécassou ! Je ne l'ai pas revu depuis l'IEP… », « Non, je ne vois pas du tout… Il était facho, mais facho comment ? », « Stéphane, je sais. Je l'ai vu à Istanbul », « Tu as invité cette conne ? », « Bien sûr, il s'était ouvert le crâne pendant un match de foot aux Argoulets… » Ces échanges d'anciens combattants titillèrent Patrick. Il avait hâte d'être à cet anniversaire pour retrouver des silhouettes plus ou moins oubliées, plus ou moins marquantes. Il y aurait bien sûr nombre d'invités qu'il ne connaîtrait pas, le gros des troupes même puisque Fred s'était fait naturellement bien d'autres amis que ceux de leurs années de jeunesse, mais la promesse de revoir des personnes perdues de vue était réjouissante. D'ailleurs, des sites Internet avaient voilà longtemps surfé sur ce désir de retrouver des « copains d'avant » (et Facebook aussi servait à cela), désir relevant – outre la nostalgie naturelle – du rêve plus ou moins inavoué de reprendre le cours d'une histoire d'amitié ou d'amour rompue avec regret. Illusion tout de même trompeuse car dans 90 % des cas, pour se perdre de vue, il avait fallu que l'un des protagonistes, voire les deux y mettent sacrément du leur. Mais enfin, dans son écrasante majorité, l'être humain faisait preuve d'un incurable optimisme.

Le soir même, Patrick raconta à Laurence ses échanges avec Fred.

— Ça va être sympa, tu verras. Je craignais que cela fasse réunion de vieux cons, mais Fred a bien prévu le coup. Il y a un bon cocktail, je crois, entre anciens et gens qui ne se connaissent pas.

Laurence devait plaider le vendredi 19 mai dans l'après-midi. Elle prendrait un avion le lendemain matin ou après-midi. Patrick, lui, avait prévu de faire le trajet en voiture. Il partirait le jeudi, s'arrêterait dans le Gers afin de rendre visite à sa tante Hélène chez laquelle il passerait la nuit puis rejoindrait Fred le vendredi soir pour dîner avant le grand jour.

— J'ai réservé un hôtel pas loin de la place du Capitole. On repartira le dimanche après-midi.

Bien que veillant à faire bonne figure, Laurence semblait moyennement enthousiasmée à la perspective de ce week-end. Il lui fit part de cette réserve qu'il subodorait tout en lui proposant – en espérant qu'elle refuse – de ne pas se rendre à l'anniversaire de Fred.

— Mais non, pas du tout. J'ai très envie de connaître ton ami et tes amis. Tu te trompes.

Il prit acte et l'embrassa. Patrick fila dans la cuisine, prépara des pâtes et fit cuire des saint-jacques qu'ils dégustèrent en regardant *Les Parapluies de Cherbourg* et en buvant un tavel du domaine de l'Anglore. Demy et Legrand, il n'y avait pas à dire, cela avait conservé une sacrée classe.

Le lendemain, Patrick déjeunait avec Antoine, encore une fois au Coinstot Vino. À deux jours du premier tour de l'élection présidentielle, la conversation fut inévitablement orientée vers l'événement. Son confrère du service politique lui fit part des dernières rumeurs concernant des futurs ministrables.

— Cohn-Bendit ! s'exclama Patrick en manquant de s'étouffer avec une bouchée d'huître en tempura. À l'Éducation nationale ou à la Défense ! Qu'est-ce que c'est que ces conneries ? Pourquoi pas Giscard Premier ministre tant que tu y es ?

— Il y a eu des précédents encore plus baroques, je te rappelle que Douste a été à la Culture et même au Quai d'Orsay... D'ailleurs, lui aussi a essayé de se placer dans la Macronie ces dernières semaines.

— Attends, tu prêches un convaincu, Douste était une andouille, mais Cohn-Bendit, loin d'être bête quant à lui, possède une charge symbolique répulsive autrement plus forte pour beaucoup de gens : 68, « CRS/SS », « Interdit d'interdire »... Si tu veux une figure de l'ancien monde, tu en tiens une bonne avec lui. Dans les vieux, je prendrais Védrine et Chevènement, mais il ne faut pas rêver. Si on échappe à Bayrou, on aura de la chance…

Le repas s'acheva avec une tournée de grappa et les convives imaginèrent des castings ministériels encore plus farfelus : Fillon à l'Emploi et aux Affaires sociales, DSK à la Condition féminine, Balkany aux Finances, Jack Lang au Tourisme, Allègre à l'Environnement, Tariq Ramadan à la Culture… Patrick repassa à son bureau qu'il quitta deux heures plus tard pour aller flâner et respirer quelques livres à L'Écume des pages. Alors qu'il s'apprêtait à entrer dans la librairie, une fillette l'aborda en criant son prénom. Il ne la reconnut qu'en découvrant l'adulte qui l'accompagnait deux mètres derrière : c'était Jeanne, la fille d'Emmanuel. Avec Emmanuel, ils s'étaient connus dans leur Sciences-Po de province. Quand Fred le présenta à Patrick, ce dernier eut envie de mettre son poing dans la gueule de ce type qui riait tout le temps et paraissait se foutre de vous. Mais avec son culot, sa drôlerie, sa gouaille de titi parisien, Emmanuel venait à bout de toutes les réticences. Il avait des rêves grandioses. On l'imaginait alors grand reporter, écrivain, voire patron de presse. Pas grand-chose ne lui résistait. L'avenir ne confirma pas ces trompeuses promesses. Après leurs études, ils continuèrent à se voir, de manière plus ou moins régulière, à Paris où ils vivaient désormais tous deux, en jonglant avec une amitié soumise à de longues éclipses. Emmanuel était capable de ne pas répondre à un message et de ne pas donner de nouvelles pendant un an, ou plus. Enfoiré. Quand on le revoyait, il jurait que cette fois on ne se perdrait plus de vue, il promettait un dîner ou un coup de fil la semaine suivante. Il ne fallait surtout pas y compter.

Patrick avait tout connu et partagé avec lui, ou presque. Le récit de leurs amours, leurs fous rires, leurs ivresses. Pas les comas éthyliques d'Emmanuel, ni ses mariages qu'il avait sabotés avec une application rare. Six mois après le second, il divorçait. Un soir de 2012, au restaurant Chez Michel, il raconta à Patrick ses déboires avec cette Mathilde, d'une dizaine d'années sa cadette.

— Quand as-tu su que ça ne marcherait pas ?

— Le jour du mariage.

— Ah... Ah oui, quand même... Tu vois, j'avais bien fait de ne pas venir, ricana Patrick.

Mathilde était enceinte lors du mariage, le divorce traîna en longueur pour le plus grand bonheur des avocats. La société qu'Emmanuel venait de créer avec son épouse explosa en vol, Mathilde partit à l'autre bout de la France avec leur nouveau-né. Il y avait du sang sur les murs et de la haine à tous les étages. Deux enfants, deux pensions alimentaires, plus de job mais des activités de conseil en freelance. Ce fut une époque où Emmanuel dormit dans sa voiture. En vingt-cinq ans, il n'avait pas dessaoulé longtemps, changeait de boulot comme il changeait de verre, draguait n'importe qui, n'importe comment, n'importe où. Vivre ne lui faisait pas peur. Rien ne lui fut épargné, surtout lui-même. Il avait un charme fou.

Ce jeudi de mai 2017, il sortait du Flore avec sa fille quand Patrick passa devant eux. Ils y revinrent, commandèrent deux bières et un nouveau chocolat chaud pour la fillette. Ils évoquèrent l'anniversaire de Fred. Emmanuel en serait.

— Ah, cool, Fred ne me l'avait pas dit.

— Il voulait te réserver une bonne surprise.

— J'espère qu'il y en aura de meilleures…

Au moment de se quitter, Emmanuel promit d'appeler Patrick avant mercredi afin qu'ils dînent ensemble. Bien sûr, il n'en ferait rien. De retour sur le boulevard, Patrick abandonna l'idée de sa virée à L'Écume des pages et songea à cette étrange rencontre. Trois ans au moins qu'il n'avait pas vu Emmanuel ni eu de ses nouvelles et ils se croisaient un mois avant de se retrouver dans la ville où ils s'étaient connus. Le hasard, ce dieu des imbéciles selon Bernanos, offrait décidément de curieuses surprises.

Le dimanche, Patrick suivit le début de la soirée électorale chez Laurence puis elle mit le DVD de *Mariage à Mendoza* qu'il n'avait pas vu et qu'il adora. Lors du second tour, le 7 mai, c'est *Funny People* qu'ils regardèrent. En revoyant pour la troisième ou quatrième fois l'histoire de ce comédien atteint d'une leucémie foudroyante, Patrick songea que cela faisait exactement vingt-sept ans, à quelques jours près, qu'Éric était mort.

XXIII

Bon sang, depuis combien de temps n'avait-il pas pris le volant ? En se dirigeant vers le parking souterrain de la rue du Cardinal-Lemoine où il louait une place à l'année, Patrick se disait qu'il ne serait pas vraiment surpris de ne plus y trouver sa BMW série 8. Elle était pourtant là et démarra sagement. À 7 heures du matin, il pouvait encore sortir de Paris sans encombre et vers midi il arriverait à Bordeaux où il déjeunerait dans un restaurant choisi la veille sur le site du Fooding. Deux heures plus tard, si ses calculs étaient bons, il embrasserait tatie Hélène. Elle était le seul membre de la famille, il est vrai relativement restreinte, avec lequel il entretenait de bonnes relations.

La dernière fois que Patrick avait croisé son frère, c'était aux obsèques de leur père, voilà cinq ans. Les deux filles de Pascal, qu'il n'avait pas revues depuis leur adolescence, lui apparurent conforme à son lointain souvenir : d'insupportables pimbêches. À l'image de leur mère. Quant à sa propre mère, Patrick l'appelait deux ou trois fois par an et la voyait lorsqu'il venait chercher Sébastien chez elle et son mari, à Nice, pendant les vacances de Noël ou plus souvent pendant celles du mois d'août. Tante Hélène avait dix ans de moins que sa sœur et dix-sept ans de plus que Patrick. Enfant, il disait qu'il se marierait avec elle quand il serait grand. À l'adolescence, le rappel de ce vœu par sa mère sur un ton moqueur avait le don de faire enrager Patrick. Elle ne s'en privait pas.

La circulation était fluide. Le mois de mai était là, bien entamé, Patrick adorait cette saison avec ses lumières, ses premières chaleurs, ses petites pluies, cette légèreté dans l'air. La brève escapade dans le Gers pour voir Hélène faisait figure dans son esprit de sas de décompression. Décompression de quoi ? Il n'aurait pas su le dire, mais l'expression lui plaisait. Il se remémorait leur dernière rencontre, en décembre 2015 à Paris, alors que la ville et le pays étaient encore sous le choc des attentats islamistes. Hélène avait quitté sa campagne perdue afin de « régler des affaires » à Paris. Elle l'avait invité à dîner au Bristol où elle avait réservé une suite. D'où sortait cet argent ? Il préférait ne pas le savoir. Beaucoup de choses comportaient un halo mystérieux chez elle. Notamment son mariage avec Milos, un Serbe ayant fui la Yougoslavie de Tito dans les années soixante et qui avait été foudroyé par une crise cardiaque quinze ans plus tard. Patrick ne conservait de lui que quelques images floues, celles d'un géant rigolard et moustachu qui avait mis une sacrée ambiance lors d'un réveillon chez ses parents peu avant sa mort. Trois ans après, Hélène se remaria avec Peter, un Anglais qui travaillait dans « l'import-export », dénomination assez floue et respectable pour camoufler aux yeux du béotien des activités qu'il vaut parfois mieux ignorer. Peu après le déclenchement de la première guerre du Golfe, il disparut de leur domicile de Neuilly pour ne jamais réapparaître. Hélène fut interrogée plusieurs fois par la police française puis par des agents de la DGSE. Interpol émit une demande d'arrestation pour cause de trafic d'armes à l'encontre de cet homme soupçonné de s'être enfui en Asie. L'affaire eut un certain écho, en particulier bien sûr dans la famille de Patrick. Ledit Peter, allemand en réalité et se prénommant Dieter, ainsi qu'on l'apprit alors, avait été vraisemblablement assassiné. Ce fut du moins la conviction d'Hélène et sans doute, quelques années plus tard, des différents services le recherchant.

Quelle histoire. Quelles histoires même car avant, pendant et après ses deux mariages, la tante de Patrick avait mené une existence baroque. Son premier mari, qui avait occupé un poste de haut rang dans l'agence d'État régissant la production cinématographique, était plus spécialement chargé des tournages de films étrangers ou de coproductions internationales réalisés en Yougoslavie. Le pays en accueillit beaucoup dès les années soixante et les contacts noués alors – outre le fait qu'ils avaient facilité l'exil de Milos vers l'Ouest – furent réactivés ensuite. En France, Milos devint agent, imprésario, homme à tout faire dans un showbiz qui reçut à bras ouverts son tempérament aussi joyeux que volontaire. Avec Hélène, ils séjournaient à Paris, Londres, Marbella, Marrakech, Tel-Aviv, évidemment Saint-Tropez une partie de l'été. À cette époque, Hélène avait côtoyé le monde entier, du moins des noms qui faisaient tourner la tête de Patrick : Marlon Brando, Mick Jagger, Jack Nicholson, Roman Polanski, Romy Schneider, Maurice Ronet, Richard Burton (mais pas Liz Taylor), Maria Callas, Peter Ustinov, Yul Brynner, Jane Birkin, Serge Gainsbourg, Marcello Mastroianni… Elle n'en tirait aucune fierté et les souvenirs qu'elle avait gardés de ces brèves rencontres, de ces soirées de fête, de ces virées en yacht brillaient plutôt par leur côté naturaliste ou premier degré : Jagger ne supportait pas le Ricard, Nicholson était nul aux mots croisés, Romy Schneider buvait comme un Polonais, la Callas parlait mal anglais… On aurait pu prendre Hélène pour une mythomane si des photos n'avaient attesté la réalité de ces rencontres et de cette vie. Alors étudiant, Patrick avait vu ces clichés lors de séjours parisiens où Hélène et Peter le recevaient à Neuilly. Elle ouvrait ses albums et il lui demandait de raconter. Faute d'images, d'autres événements ne subsistaient que par sa parole. Un soir, Dali avait fait son portrait au stylo sur la nappe en papier d'un restaurant de Cadaquès, mais le serveur l'avait emportée et jetée dans une poubelle remplie de déchets largement organiques, pendant que l'assemblée avait accompagné le peintre devant le restaurant où son chauffeur était venu le chercher.

Auprès de Peter, ce fut une autre faune qu'elle fréquenta : quelques artistes toujours, en particulier des actrices françaises, mais beaucoup plus de politiques, d'hommes d'affaires, de journalistes en vue, d'individus à l'identité floue. Elle s'était énormément amusée là aussi : un jour comptable, un autre jour secrétaire, attachée de presse, chef d'entreprise, investisseur… L'histoire s'était mal terminée. Avant cela, Peter et elle en avaient quand même bien profité. Ensuite, il ne savait pas trop ce qu'elle avait fait ni de quoi elle avait vécu – bien que Patrick soupçonnait, ainsi que l'administration fiscale, le couple d'avoir dissimulé du temps de sa splendeur quelques magots par-ci par-là. Autour de 2010, alors qu'elle n'avait pas encore soixante ans, elle s'installa bizarrement dans le Gers. Pas dans un coin prisé par les riches Anglo-Saxons, retraités ou pas, comme à Marciac devenue mondialement célèbre grâce à son festival de jazz. Non, au milieu de nulle part, elle avait acheté une vaste maison dotée de dépendances et d'une piscine, dénuée de tout voisin à plusieurs kilomètres à la ronde. Patrick y était venu avec Sébastien à l'été 2013. La route était située à environ cinq cents mètres de la demeure et, de chez elle, Hélène pouvait voir arriver la moindre voiture – en particulier la nuit – de très loin. Il s'était dit qu'une telle position aurait été idéale pour un individu déterminé à protéger sa sécurité en cas d'intrusion, mais Patrick avait trop d'imagination et sa tante ne possédait sans doute pas les moyens techniques de se défendre si un importun s'invitait. Sur ce dernier point, elle le contredit.

— Tu n'as pas peur ici, toute seule, le soir ? Et si des cambrioleurs venaient ? C'est du pain bénit pour eux une maison isolée avec une femme seule…, lui dit-il un soir qu'ils prenaient l'apéritif sous la véranda pendant que Sébastien jouait avec le briard d'Hélène.

— Attends…

Elle revint deux minutes plus tard avec un fusil qu'elle lui présenta en le chargeant avec une célérité qui témoignait d'une certaine pratique.

— Oh, tatie, t'as un fusil ! s'exclama Sébastien délaissant un instant le chien.

— Oui, mon chéri, mais ce n'est pas un jouet pour les enfants ! répondit-elle.

Avant d'aller ranger l'engin, elle se pencha vers Patrick pour lui avouer qu'elle possédait également deux pistolets.

— T'inquiète, chou, tatie est bien gardée !

Le déjeuner à Bordeaux fut décevant. L'endroit était snobinard et évoquait ces caves à manger parisiennes qui poussaient comme du chiendent depuis au moins vingt ans. Normal que la mode ait contaminée la province. Service hautain, plats chiches et compliqués, addition salée : nul besoin de traîner. Seul le verre de vin était correct, un rouge d'Ardèche qu'il achetait d'ailleurs à l'occasion chez un caviste de la rue Monge. Il fila vers la voiture et activa le GPS. Moins de deux heures plus tard, il arriva chez Hélène. Avant, il eut le temps d'appeler Laurence, qui préparait sa plaidoirie du lendemain, et Sébastien qui préparait son bac. Le portail était ouvert. La BM s'engouffra à une allure de sénateur et avec un coup de klaxon qui fit aboyer Johnny (le chien, pas le chanteur alors encore vivant, *N.d.A.*). Ils s'embrassèrent, Hélène l'amena à sa chambre puis servit des cafés qu'ils prirent sur la terrasse. Elle était vraiment très belle. Il fallait imaginer Monica Bellucci à soixante-cinq ans. Elle demanda comment allait Sébastien, ils l'appelèrent, Patrick lui parla de Laurence.

— Tu as l'air vraiment amoureux.

— Oui, je regrette qu'elle ne soit pas là. Tu l'adorerais, je crois, et elle aussi.

— Je n'en doute pas. À toi d'organiser cela. Tu as eu des nouvelles de ta mère récemment ?

— Non.

— Tu en veux ?

— Non, enfin si, s'il y en a de mauvaises…

— Oh, tu es un fils indigne !

— Enfin, tu m'as compris… Si quelque chose ne va pas, dis-le-moi.

— Rien de tel. Ton problème, c'est que tu n'as pas pardonné à tes parents d'avoir divorcé. Il serait temps. Tu vas avoir cinquante ans…

— Non, j'ai quarante-huit ans.

— Tu auras bientôt cinquante ans, ton pauvre père nous a quittés il y a cinq ans, ma sœur n'est pas immortelle. Tu devrais faire un effort.

— Ce n'est pas le divorce que je ne leur pardonne pas, enfin plus maintenant. C'est ce qu'ils ont fait de leurs vies après… Tout ça pour ça… Papa avec ses greluches, Maman remariée avec cet imbécile…

— Mais qui es-tu pour juger ainsi ? Je n'ose pas imaginer ce que tu dois penser de moi avec ma vie d'aventurière.

— Ce n'est pas pareil. Toi, tu as vécu. Tu as connu des gens sortant de l'ordinaire. Tu as profité de la vie. Tes maris, me semble-t-il, avaient de l'envergure, de l'épaisseur…

— La belle affaire ! Je suis seule avec mon chien et mes deux chats. Ta mère est sans doute beaucoup plus heureuse.

Patrick sourit. Il était près de 18 h 30 et il proposa de passer à l'apéro. Elle amena deux Ricard qu'il qualifia de yaourts à cause de leur consistance épaisse, façon moitié eau moitié alcool. Ils trinquèrent, burent une autre tournée, rirent beaucoup. Les deux chats, un rouquin et un tigré, vinrent se mêler à leurs jambes, rendus curieux par cette agitation. Johnny était couché dans l'herbe et se contentait de quelques coups d'œil furtifs vers la terrasse. Le jour tombait. Hélène proposa de rentrer pour dîner, les soirées étaient encore fraîches en cette saison.

Elle servit du saumon gravelax et des joues de cabillaud, le tout arrosé de muscadet. Patrick se moqua.

— De vraies spécialités gersoises ! Tu te fais livrer la poiscaille par Amazon ? Avec des drones ?

— Idiot, je suis allée chercher cela chez mon poissonnier ce matin, il est livré depuis Leucate. Il a d'excellents produits.

— Je te taquine, tatie…

Elle ouvrit une seconde bouteille, houspilla les chats appâtés par le poisson

— Je lis tes articles, tu sais.

— Ah, c'est toi… Merci tatie.

— Tu devrais écrire, je veux dire des livres.

— J'ai écrit au moins quinze ou vingt livres…

— Non, mais des vrais, des romans, comme ton premier. Pas tes trucs pour les célébrités. C'est ton talent et tu l'as gâché. Tu as cédé à la facilité. Voilà ce que je dirais si j'étais aussi sévère que tu l'as été avec tes parents.

Il encaissa. Elle avait peut-être raison. En tout cas, tatie Hélène était le personnage le plus romanesque de sa famille et même le plus romanesque qu'il connaisse. S'il avait été moins dilettante en effet, c'est sa vie que Patrick aurait dû raconter, quitte à la romancer, plutôt que celles des guignols qu'il avait confessés. Après l'armagnac, ils allèrent se coucher. Patrick voulut envoyer un SMS à Laurence, mais renonça face aux propositions que lui suggérait l'écriture automatique du smartphone.

XIV

Patrick prit la route à midi après avoir décliné l'invitation à déjeuner maintes fois réitérée par sa tante. Il voyait le tableau : il allait picoler, donc faire une sieste pour ne pas rouler alcoolisé, puis partir vers 17 heures, s'enliser dans des embouteillages et finalement arriver en retard au dîner chez Fred. Il s'était levé peu avant 10 heures, les tempes encore bourdonnantes du Ricard et du muscadet de la veille. Trois cafés le remirent d'aplomb et il interrogea tatie sur ses projets estivaux.

— Je rendrai sans doute visite à ta mère à Nice, puis j'irai quelques jours à Cannes chez des amis. Pas besoin de plus. Tu sais, je suis en vacances tout le temps ici…

Hélène passait ses journées à lire des romans, à regarder la télévision, à nager quand il faisait beau, à s'occuper de Johnny et des chats. Elle recevait à l'occasion Pascal et sa famille, des cousins et d'autres encore dont les prénoms n'évoquaient rien ou presque à Patrick. Avant de partir, il se contenta d'envoyer un SMS à Laurence qu'il imaginait occupée, voire tendue, par sa plaidoirie de l'après-midi et dit au revoir à sa tante.

Deux heures plus tard, il atteignait sa ville, son ancienne ville. Cinq ans qu'il n'y était pas venu, depuis les obsèques de son père qui s'étaient déroulées à vingt kilomètres de là, dans la petite commune où il avait vu le jour. Patrick tenta d'atteindre la place du Capitole pour garer sa voiture au parking souterrain, mais la manœuvre se révéla compliquée. Nombre de rues de l'hypercentre étaient interdites aux voitures, ou bien à sens unique. Il fallait user de ruses de Sioux et de patience pour se repérer dans ce labyrinthe. Chaque fois qu'il croyait pouvoir accéder à la place, un plot ou un autre obstacle apparaissait. Il s'énervait, des cyclistes lui adressaient des signes rageurs, des piétons lui jetaient des regards mauvais. Le salut vint de policiers municipaux habitués à orienter les pauvres automobilistes peu au fait des coutumes circulatoires locales. Vingt minutes plus tard, il sortit du parking avec sa valise et se dirigea vers l'hôtel situé à deux cents mètres dans une rue calme. Il rangea ses vêtements, avala un croque-monsieur fade sur la terrasse du Florida puis se promena dans les rues de sa jeunesse. Pas grand-chose ne subsistait. Des cinémas avaient fermé, remplacés par des hôtels, des restaurants, des boutiques de téléphonie. Les librairies et les cafés, eux, avaient cédé la place à des enseignes de parfumerie, des magasins Nespresso, des boutiques de téléphonie. La rue Alsace-Lorraine ressemblait à un centre commercial à ciel ouvert. Pas un seul café ou bar pour le coup sur cette artère marchande longue de plus d'un kilomètre, mais des chaînes de vêtements à bas prix et des boutiques de téléphonie. La rue était piétonne, enfin semi-piétonne. Ce qui signifiait que tout le monde en fait pouvait l'emprunter, nonobstant quelques perverses entraves pour les voitures et les camionnettes de livraison. C'était un sacré bordel. En cet après-midi ensoleillé et clément, une foule de piétons l'arpentait dans les deux sens tandis que d'innombrables cyclistes et autres usagers roulants – triporteurs, rolleristes, skaters, trotinettistes mécaniques ou électriques, sans oublier des monocycles, des gyropodes et des hoverboards – se frayaient un chemin dans la foule. Des punks à chiens, des Roms, des SDF mendiaient tous les trois mètres. Leur occupation de l'espace semblait obéir à une organisation et une rationalité qui faisaient souvent défaut aux services publics et même aux services marchands. Des jeunes arborant une mine joyeuse et des gilets bleus alpaguaient des passants pour leur soutirer une contribution financière en faveur de Médecins sans frontières. Ceux en gilets verts récoltaient pour

Greenpeace. Des vendeurs en triporteur proposaient des jus de fruits, des cafés, des sandwichs vegans. Des types juchés sur des segways distribuaient des prospectus publicitaires. Des musiciens faisaient la manche en massacrant quelques tubes. Des militaires « Vigipirate » patrouillaient en ayant l'air de s'ennuyer. Le spectacle tenait à la fois de la cour des miracles et de la fête foraine. Patrick s'éclipsa.

À Esquirol, il prit la direction des quais, longea la Garonne face aux Beaux-Arts. L'ambiance était plus calme, mais ces satanés cyclistes étaient partout, en particulier sur les trottoirs qui semblaient avoir leur préférence malgré les nombreuses pistes qui leur étaient destinées. Ces cons-là roulaient comme des dingues, grillaient les feux, s'acharnaient sur leurs sonnettes pour faire dégager les piétons. Même à Paris, les cyclistes étaient moins nombreux et surtout plus disciplinés. Obligés en même temps. Place de la Concorde ou même boulevard Saint-Germain, Patrick ne donnait pas cinq minutes d'espérance de vie à l'un de ces bouseux provinciaux à deux roues. Dans les villes qu'il aimait comme Naples, Lisbonne, Séville, Istanbul, Beyrouth ou Madrid, il n'y avait pas de vélos. Cette mode était venue du nord de l'Europe, de plats pays stupides comme les Pays-Bas ou la Belgique. Il imaginait sans peine que les Allemands devaient également priser la bicyclette. Avec les Allemands, le pire était souvent sûr.

Décidément, il détestait cette ville, son accent, sa consanguinité, son hispanité d'opérette, sa « convivialité » fausse comme les publicités pour des régimes amaigrissants. C'était aussi la ville de Florence. Il aurait voulu l'oublier celle-là, mais la mémoire ne choisit pas ses impasses. Ce serait trop facile. Patrick pensa faire une halte au Café des Artistes. La terrasse était bondée, remplie d'étudiants désœuvrés servis par des garçons barbus et tatoués ainsi que par des filles tatouées – travailleurs ressemblant fidèlement à leurs clients. Il revint sur ses pas, s'engouffra dans une rue remontant vers le Capitole, trouva enfin une table libre à une terrasse. Il était plus de 17 heures et Patrick découvrit un SMS de Laurence qu'il s'apprêtait à appeler : « Ouf, fini. J'arrive demain vers midi à Blagnac. » Son appel sonna dans le vide, il laissa un message avec les mots simples qu'utilisent les amoureux. Il téléphona à Fred. Rendez-vous à 20 heures chez eux. Fred donna l'adresse et le code que Patrick réclama en SMS.

— J'amène à boire ?

— Si tu veux, mais il y aura tout ce qu'il faut. Enfin, du champagne n'est jamais de trop. On a invité des couples d'amis, très sympas tu verras…

— C'est qui, au juste ? demanda Patrick.

Un type qui possédait une ribambelle de restaurants dans la ville, un chef d'entreprise officiant dans le benchmarking et le patron d'une boîte de sécurité privée à laquelle Fred faisait appel pour les « événements » que sa propre entreprise organisait. Beau casting, songea Patrick. La promesse d'une soirée emmerdante qu'il affronterait en buvant plus que de mesure. Seule bonne nouvelle : le domicile de Fred n'était qu'à cinq minutes à pied de l'hôtel, ainsi qu'il s'en rendit compte en lisant son SMS. Il prit une douche puis partit acheter une bouteille de Drappier, cuvée de Gaulle, chez un caviste de la place Saint-Georges repéré sur Internet. Il arriva chez Fred à 20 h 10, sonna à la porte. Alexandra l'embrassa comme du bon pain, son mari s'avança pour lui donner une accolade virile ponctuée d'éclats de rire et de points d'exclamation. Il présenta son ami aux autres invités, les trois types prévus accompagnés de leurs femmes trophées. Patrick avait découvert cette expression dans un roman de Bret Easton Ellis et ne l'avait pas oubliée. On mit au frais son champagne. L'homme qui ressemblait à François Hollande en plus gros fit une blague sur le Général. Patrick laissa passer. Les filles de Fred et Alexandra apparurent pour saluer Patrick. Pauline, la cadette, avait douze ans. Marine, déjà dix-neuf. Elle était très belle, ressemblait à sa mère, ce qui atténuait l'effet que pouvait provoquer son prénom. Lors de sa naissance, en 1998, peu de gens auraient imaginé le destin politique de Marine Le Pen et la nouvelle coloration donnée alors à ce prénom. En tout cas pas un Alain Duhamel, un Jean-Michel Apathie, un Thomas Legrand ou un autre de ces guignols qui avaient expliqué des mois durant comment et pourquoi Emmanuel Macron n'avait aucune chance d'être candidat à l'Élysée puis, avec la même certitude, aucune chance d'être élu. Les filles s'éclipsèrent, Marine sortait et déposait avant sa sœur chez l'une de ses copines. L'apéritif était servi dans le salon, spacieux, décoré avec soin. Deux bouteilles de Ruinart étaient tombées, Alexandra servit le Drappier amené par Patrick.

— Ah ! La grande Zohra ! Quelle drôle d'idée de mettre sa trombine sur une bouteille de champagne, s'exclama le gros Hollande.

Patrick saisit l'allusion. C'était le surnom donné par l'OAS au Général.

— Vous auriez préféré Pétain, sans doute, rétorqua-t-il.

Fred fit diversion, Alexandra présenta les plateaux de petits-fours.

Il fallait maintenant passer à table. Huîtres, foie gras, salade et rôti de bœuf. Les conversations fusaient, l'état d'esprit général de la tablée était résolument « pro business ». Les hommes évoquaient leurs projets, leurs investissements, leurs « business plans ». Les femmes parlaient des études et des futures études de leurs progénitures, des nouvelles adresses dans la ville touchant à la déco, à la mode et à la gastronomie. Patrick se sentait comme un objet déplacé parmi ces bourgeois de province auxquels il aurait peut-être fini par ressembler s'il était resté ici, s'il avait épousé l'une de ces filles de bonne famille qui, à l'approche de la cinquantaine, faisaient d'indéniables efforts, non sans succès, pour rester désirables, minces, jeunes, bronzées, raisonnablement sportives, bref pour tenter de ressembler à leurs filles, la fraîcheur et le naturel en moins. Il rêvait ou quoi ? La femme du type qui louait des vigiles, une Florence ou une Isabelle, il ne se souvenait plus, lui jetait des regards langoureux. Un pied caressant son mollet droit confirma les soupçons. Il prit un air excédé en la toisant et reçut un coup sur le genou en réponse. Les discussions étaient assommantes. Heureusement, Alexandra, assise à la droite de Patrick, prenait soin de lui, ce qui ne l'empêchait pas de ruminer de sombres pensées.

Le goût de l'argent avait dévoré les cœurs, rongé les âmes, se disait-il. Voilà encore quelques décennies, la vieille bourgeoisie de sa ville – comme sans doute celle des autres grandes villes de province – entretenait certaines valeurs qui allaient au-delà de la simple possession matérielle. La transmission et l'héritage ne concernaient pas seulement les comptes en banque et le foncier. Le goût de la littérature, de la peinture, de la musique, des arts et des sciences, de l'histoire et des vieilles pierres ne comptait pas pour rien aux yeux des bourgeois d'antan. Tout cela avait été noyé, en une ou deux générations, dans les eaux glacées du calcul égoïste. Même la religion catholique ne subsistait qu'à titre de folklore réanimé lors des mariages et des enterrements. Plus personne ne lisait dans ce milieu, hormis quelques femmes se fiant aux prescriptions de leurs médias favoris. C'est du côté des hommes que la régression était la plus spectaculaire. De vrais beaufs ne pensant qu'au pognon, aux bagnoles, aux gadgets high-tech, aux vacances exotiques dans des palaces ou dans les lieux obligés de l'Hexagone (côte basque, Luberon, Côte d'Azur, île de Ré...). Le panel réuni ce soir-là était éloquent. Un vif esprit d'entreprise les animait, mais celui-ci se résumait à « toujours plus ». Leur égoïsme, leur voracité, leur mépris de toute chose relevant de la culture ou de la gratuité étaient absolument sidérants. Même un type comme Sarkozy, que l'on pouvait considérer comme l'une des matrices ou l'un des modèles de ce nouveau genre humain, n'était jamais tombé aussi bas. Durant son mandat et même après, il fit l'effort de passer pour un homme s'intéressant à la culture, pérorant devant des journalistes ou des intellectuels à propos de films de Dreyer ou de Bergman qu'il prétendait voir à la chaîne, de Céline et de classiques de la littérature. Au moins, il faisait semblant, conscient que sa charge passée contre la lecture de *La Princesse de Clèves* – œuvre censée être au menu de certains concours de la fonction publique, ce qui lui avait valu des sarcasmes – avait été dommageable. Ses héritiers, les petits Sarko, n'avaient plus ces pudeurs. Et leurs enfants se mettaient à ressembler à ces êtres sans mémoire, sans culture et surtout sans humanité. Auparavant, des milliardaires comme Bergé, Arnault, Pinault ou Bouygues, dont les idées sociales s'étaient sans doute arrêtées avant 1936, avaient néanmoins témoigné d'un intérêt sincère pour l'art et la culture qui ne se limitait pas aux seules lois de l'investissement et de la spéculation. Après eux, on passait à autre chose : de purs rapaces, de vrais barbares.

Maintenant, ils parlaient des charges et des impôts qui les entravaient. Puis du salaire minimum trop élevé, du temps de travail trop bas, des congés payés trop longs. Aux yeux de ces Thénardier du XXIe siècle, même des esclaves auraient coûté trop cher. Alexandra apporta un plateau de fromages. Florence, elle s'appelait Florence, observait Patrick avec un air de défi. S'il n'avait pas été amoureux, il l'aurait baisée dans la cuisine pour se venger des conneries proférées par son mari. On les aurait découverts, Patrick se serait battu avec le cocu, Fred et Alexandra l'auraient chassé de la soirée, il les aurait tous insultés… Imaginer ce scénario catastrophe le rendit guilleret et l'apaisa. Fred se leva pour aller chercher du vin dans la cave réfrigérée de la cuisine.

— Tu viens avec moi ? proposa-t-il en passant derrière Patrick.

— Dis donc, tu as un ticket avec la femme de Pierre, gloussa-t-il dans la cuisine.

— Je sais, elle m'a même fait du pied sous la table. Un vrai cliché.

— Ici, verboten ! Pas de conneries.

— Je te rassure, il n'y a aucune chance.

Fred prit une bouteille de cahors du château de Lagrézette.

— Non, pitié, tu n'as pas autre chose que cette merde ! Laisse-moi regarder…, supplia Patrick.

Il dégota non sans mal un fronton honnête et prit le cahors pour les autres.

Avec un sourire enjôleur, il servit généreusement du Lagrézette à Florence, se réjouissant de la probable double barre frontale qui tourmenterait la séductrice le lendemain matin.

Peu avant minuit, les invités s'en allèrent. Fred retint Patrick pour un dernier verre.

— Ça va ? Tu t'es pas trop emmerdé ?

— D'après toi ? C'est un vrai bizutage que tu m'as infligé. Et l'autre pouffe qui se prend pour Sharon Stone dans *Basic Instinct* !

Ils ricanèrent. Alexandra les rabroua.

— Vous êtes vraiment méchants.

À son tour, Patrick prit congé.

Dans la rue, l'air frais le dégrisa. Il avait envie de marcher et se dirigea vers la place du Capitole. Les terrasses devant les arcades étaient bondées. Un SMS de Laurence lui souhaitait bonne nuit. Cette soirée l'avait éreinté. « Fred est un beauf, mais c'est mon beauf », se dit Patrick. Qu'aurait pensé d'eux Éric ? De ces deux vieux cons qui riaient bêtement ? Éric n'avait pas vieilli, ne vieillirait jamais, emporté dans une jeunesse éternelle, celle de ses vingt-trois ans.

XXV

Patrick attendait Laurence dans leur chambre en lisant *Le Figaro*. Il était 12 h 30 quand elle apparut. Ils s'embrassèrent, échangèrent les banalités d'usage et il la pressa car il avait réservé dans une cave-restaurant de la place Dupuy où devait les rejoindre Stéphane. Ce dernier était arrivé d'Istanbul trois jours avant afin de voir de la famille dans la région. Sous un soleil éclatant, ils se rendirent au Temps des Vendanges à une quinzaine de minutes de marche. Là-bas, Stéphane les attendait déjà sur la petite terrasse. L'endroit ne payait pas de mine, le patron assurait le service avec des airs de Justin Timberlake en plus vieux, les voisins de table étaient bruyants, mais le repas s'avéra conforme cette fois aux compliments décernés par le site du Fooding. Une bouteille de blanc avait accompagné les entrées, la bouteille de rouge était vide quand arrivèrent les desserts. Une troisième quille aurait été un choix dangereux dans la perspective de la soirée qui les attendait. Un de leurs voisins, un costaud qui ressemblait à l'acteur Jack Black en barbu (Patrick ne pouvait s'empêcher de trouver des ressemblances à quiconque), avait senti leur désarroi et leurs hésitations. Gentiment, il remplit leurs verres avec un magnum de rouge, apparemment pas le premier du déjeuner au regard de l'état de jovialité des trois zèbres assis avec lui. Ça blaguait, ça riait fort en interpellant le patron pour réclamer encore à boire. Patrick, Laurence et Stéphane discutèrent avec leurs nouveaux amis. Pour un peu, Patrick aurait passé l'après-midi à s'arsouiller avec le sympathique quatuor, mais il se sentait trop vieux pour ces conneries et il ne voulait pas arriver carbonisé à l'anniversaire de Fred – état qui, de toute façon, le guettait à un moment ou un autre de la soirée.

— Hé, bon courage pour ce soir alors ! lança Jack Black en riant.

Stéphane les quitta rue de Metz, prétextant un détour par la librairie Privat. Patrick amena Laurence dans le quartier des antiquaires, petites rues élégantes et paisibles même en un samedi après-midi. Ils déambulaient en se tenant la main. Arrivés aux Carmes, ils prirent la rue Ozenne, là où Patrick avait passé tant de soirées chez les parents de Fred. Était-ce au 16 ou au 18 ? Le 16, mais il ne l'aurait pas juré. Il demanderait à Fred. Ils descendirent vers le jardin des Plantes. En compagnie de Laurence, la ville prenait une autre allure que la veille. Finalement, elle n'était pas si mal, elle avait su préserver certaines rues de la normalité consumériste. Il était temps de revenir à l'hôtel pour se rafraîchir et se changer. En sortant de la douche, Patrick enfila un chino couleur sable, une chemise blanche et une veste beige. Laurence, une robe noire découvrant ses bras, des talons noirs et une étole rouge. Elle prit aussi une veste au cas où. Rue du Taur, il lui montra les fenêtres de son premier appartement, au deuxième étage. Place Saint-Sernin, il promit qu'ils reviendraient visiter la basilique le lendemain. Ils traversèrent le quartier sans âme des facultés et de la cité administrative pour déboucher boulevard Armand-Duportal, la maison louée par Fred n'était pas loin. À 20 h 20, ils sonnèrent, Marine leur ouvrit, les embrassa et les amena dans le jardin où étaient réunis les premiers invités. Avant que Fred ne leur serve un verre de champagne, Alexandra fit visiter les lieux : une salle de réception d'une centaine de mètres carrés donnait sur le jardin à peu près deux fois plus grand au centre duquel se trouvait une piscine. À l'étage, cinq chambres pourraient accueillir quelques-uns des invités les plus fatigués, confia Alexandra. Les propriétaires, de jeunes retraités vivant la plupart de l'année en Espagne, avaient été très sympathiques, leur dit-elle. Ils étaient habitués à cette saison à louer leur vaste demeure pour des mariages, des anniversaires ou des communions. Dimanche après le brunch, il suffirait de remettre la maison au propre. Dans le jardin, sur la terrasse de plain-pied étaient installées des tables couvertes de plateaux de petits-fours, pizzas et autres tartes salées. Des bouteilles de champagne, de vin blanc et de rosé reposaient dans des seaux remplis d'eau et de glace. Fred leur offrit du champagne, les invités commençaient à se presser. Patrick tentait de repérer des têtes connues. Un type au teint hâlé se posta devant lui. Cheveux blonds dégarnis, costume de bonne coupe bleu pâle, teint bronzé : c'est par son sourire que Patrick le reconnut. « Pécassou ! » L'ancien gauchiste de l'IEP était devenu diplomate, passant d'ambassade en ambassade, s'était marié à une Péruvienne, vivait en ce moment à Rome après Buenos Aires, Tel-Aviv, Moscou, Londres…

— J'avais lu ton roman, tu sais… Le type en marcel avec une deux-chevaux, je crois l'avoir reconnu : c'était moi, non ?

— Ben oui, si on veut…, balbutia Patrick.

— Cela m'avait fait rire. « Un gauchiste en colère qui finirait banquier ou homme politique repu. » Finalement, tu ne t'étais pas tellement trompé. Tu n'écris plus ? Pourquoi tu as laissé tombé ?

Patrick s'apprêtait à exposer une justification, comme un gosse tend un mot d'absence, mais Emmanuel les rejoignit.

— Monsieur Pécassou ! Ah ça alors !

Patrick en profita pour s'échapper, il verrait ce bon vieil Emmanuel plus tard. Il aperçut Laurence auprès de Stéphane. Le traiteur et son équipe réquisitionnés pour l'occasion s'activaient maintenant sur leurs planches et grills. Fred prit un micro, dit aux invités qu'outre les plateaux mis à disposition pour l'apéritif des petits plats et des assiettes seraient servis tout au long de la soirée par la vaillante équipe.

— Ça va, mon cœur ? Tu ne t'ennuies pas ? demanda Patrick.

— Non, je parlais avec Stéphane et Alexandra m'a resservie.

Il passa au vin blanc et lui présenta Emmanuel qui tenait un verre de rosé comme un cierge.

— Un ami de Sciences-Po, pas fiable pour un sou, menteur, alcoolique, prêt à sauter sur tout ce qui bouge…

— Tu me fais trop d'honneur. Enchanté, Laurence…, dit-il en faisant un baise-main assez ridicule.

— Qu'est-ce que je disais ? ajouta Patrick.

Ils trinquèrent. Au-delà des amis plus récents de Fred qui formaient des petits groupes affichant une solide sociabilité, des invités erraient de façon plus hésitante, cherchant un visage ou un nom familier. Patrick, lui aussi, essayait de repérer dans l'assemblée certaines des personnes dont Fred avait promis la présence. Merde, Guérin. Celui-là, il s'agirait de l'éviter. Il remit un visage sur le facho évoqué par Fred. Il avait l'air plutôt sympa en fait. Bon, la vérification de cette fragile intuition pouvait attendre. Une jolie brune se campa devant lui. Elle lui souriait, les bras croisés, un verre de vin rouge dans la main droite.

— On se connaît ? demanda Patrick.

— Oui, je crois, répondit-elle, mutine.

Petite quarantaine apparemment. Si elle avait été à l'IEP, c'était immédiatement après le bac, ce qui pouvait expliquer qu'elle ait trois ou quatre ans de moins que Patrick.

— Irène… on avait dansé ensemble à une soirée chez Pécassou à la fin de la troisième année. On était souvent à côté pendant les TD de droit administratif.

La hiérarchie dans les informations n'était sans doute pas anodine. La danse semblait plus mémorable que les TD de droit dans les souvenirs d'Irène. Patrick mentit avec un aplomb de politicien ou d'agent d'assurances.

— Irène ! Mais bien sûr, je me souviens très bien ! Comment vas-tu ?

Elle habitait à Lyon, dirigeait la communication de l'agglomération et vivait avec ses deux garçons depuis son divorce.

— Je te lis dans *L'Hebdo*. J'aime bien tes chroniques, entre nostalgie et faux cynisme. Un sensible qui se cache…

— Cynisme, tu trouves ?

— J'ai dit « faux cynisme ». Pas tout à fait la même chose.

Elle lui faisait des yeux de biche. Patrick se sentait gagné par une gêne inhabituelle, aurait aimé décocher l'un de ces traits d'esprit qui faisaient son succès dans les cocktails parisiens. Il ne lui vint qu'un très banal « Bon, ben, à plus tard… ».

— Oui, on dansera peut-être. Ils ont commencé à mettre de la musique…

Laurence parlait avec un grand type à l'air niais arborant une chemise blanche trop grande et trop ouverte. Paul Bertrand. Il n'y avait guère de doute. Il entretenait Laurence de droit international, plus spécifiquement de droit d'ingérence, déjà l'une de ses marottes trente ans avant.

— Alors, Paulo, toujours partisan des guerres humanitaires à ce que je vois ! lança Patrick en posant une main virile sur l'épaule gauche de Bertrand.

— Ah, Patrick, je discutais avec ta compagne. Ravi de te revoir après tout ce temps. C'est grâce à Frédéric…

— Oui, pareil, allez, à plus…,

— Tu es grossier, tu me fais honte, souffla Laurence.

— Non, je viens de te sauver des griffes d'un emmerdeur. Viens, on va manger un morceau.

Le traiteur et son équipe dispensaient une foule de mets délicieux : saumon gravelax, foie gras sur toast grillé, gaspacho au gomasio, saint-jacques snackées avec du jambon, verrines d'œufs brouillés à la poutargue, joues de cabillaud dans un bouillon au safran, crevettes à l'ail grillées, mini-burgers, keftas d'agneau, tartares de veau à la moutarde… Il fallait jouer des coudes et user de patience pour ramener des rations. Dans une file d'attente, Patrick reconnut celle qui avait été l'une des plus belles filles de leur promotion.

— Sarah !

— Oh, Patrick… Fred m'avait dit que tu serais là ! Comment vas-tu ?

Sarah était toujours aussi belle, de petites fossettes augmentaient même son sex-appeal en lui conférant une sensualité spécifique que réserve parfois la maturité, mais Patrick dut bien admettre l'évidence du scandale qui lui sautait aux yeux : où étaient passés ses seins ? Dans son souvenir, Sarah affichait une poitrine opulente, rendue d'autant plus spectaculaire du fait de sa taille moyenne. Ce n'était plus du tout le cas et il en ressentit une contrariété aussi inattendue qu'inavouable. Quelques minutes plus tard, il s'en ouvrit à Fred en le prenant à part.

— J'ai vu Sarah, qu'est-ce qu'il est arrivé à ses seins ?

— J'en sais rien, je ne les ai pas touchés, gloussa l'autre.

— Mais enfin, elle avait d'énormes seins. Elle s'est fait opérer ou quoi ?

— Je les trouve très bien ses nibards, si tu veux savoir. En tout cas conformes à nos souvenirs. Combien de fois tu m'as dit…

— Ça va, ça va… Oublie ce que je t'ai dit.

Laurence s'approcha d'eux.

— Tout va bien, chéri ? Tu as l'air contrarié…

— Oui, tout va bien. Mais tu sais, on se fait parfois du passé une image idéalisée, surtout moi. On entretient le souvenir de choses qui n'étaient pas si belles que ça. Avec le temps, on a prêté à notre jeunesse des qualités sans doute exagérées…

— Je vois, mon amour est atteint de *saudade*…

Patrick s'en sortit avec un sourire las. Il ne se sentait pas capable d'avouer à Laurence que la perte supposée, et sans doute imaginaire, d'un bonnet ou deux chez une fille qu'il n'avait pas revue depuis vingt-cinq ans était la cause de son trouble.

De la musique s'échappait d'enceintes disposées à l'intérieur et à l'extérieur de la maison. Il était presque 22 heures et Fred se dirigea vers l'ordinateur posé sur une table basse pour monter le son. Dans la salle de réception, des groupes s'étaient formés autour de canapés et de fauteuils. De temps en temps, un bon samaritain allait alimenter ses compagnons en solide ou en liquide. Patrick passait d'un cercle à l'autre. Des tables et des chaises avaient été disposées autour de la piscine. Emmanuel faisait le malin. Irène était assise à côté de lui, ainsi que deux couples. Ce petit monde parlait de week-ends et de vacances à l'étranger. Évidemment, Manolo voulait avoir le dernier mot, avait un avis sur tout, disait n'importe quoi.

— Amsterdam, il n'y a que des putes et des cyclistes ! s'exclama-t-il, fier de sa trouvaille.

— Excusez-moi, mais Magda est née à Amsterdam..., dit l'homme en face de lui en désignant sa compagne ou son épouse.

— Génial ! Et vous avez quoi comme vélo, Magda ?

Éclats de rire.

— Ça te plaît la musique ? demanda Fred. J'ai passé des jours à faire la play-list...

— Oui, toute une époque..., opina Patrick.

Don't You Want Me de Human League, *Roxane* et *King of Pain* de Police, *China Girl* et *Let's Dance* de Bowie, *Dancing in the Dark* de Springsteen, *Back in Black* d'AC/DC, *Shout to the Top* de Style Council, *Sowing the Seeds of Love* et *Shout* de Tears for

Fears, *Master and Servant* et *Just Can't Get Enough* de Depeche Mode (« Des pèdes moches ! » cria Emmanuel), *Sweet Child O' Mine* de Guns N' Roses, *Blue Monday* et *World in Motion* de New Order, *The Passenger* d'Iggy Pop, *Too Young* de Phoenix, *Rock the Casbah* des Clash, *Domino Dancing* de Pet Shop Boys, *Music Sounds Better With You* de Stardust, *Bad* de Jackson, *Kiss* de Prince, *Holiday* et *Into the Groove* de Madonna, *Sledgehammer* de Peter Gabriel, *Start Me Up* des Stones, *Pride* et *With or Without You* de U2, *In Between Days* de Cure : il reconnaissait les titres qui avaient été, qu'il les aime ou non, ceux de sa jeunesse. Une bande originale assez banale, mais à travers laquelle chacun dans cette assemblée, supposait-il, pouvait retrouver de fait des extraits, des bribes, des preuves de son existence.

À un moment, *Sarà perché ti amo* de Ricchi e Poveri, tube de variété italienne des années soixante-dix, exhumé notamment par le film *L'Effrontée* de Claude Miller dans lequel Charlotte Gainsbourg faisait ses débuts, résonna. Bizarrement, Patrick avait toujours adoré cette chanson assez éloignée de ses goûts traditionnels. Sans doute parce qu'elle charriait dans sa mélodie, son refrain, ses voix un mélange d'innocence, de gaieté et de discrète mélancolie, celle des étés qui s'achèvent, des derniers bains de mer, celle qui étreint les âmes sensibles très tôt à l'adolescence ou même dans l'enfance, sans qu'elles ne sachent pourquoi et dont elles ne se départissent jamais vraiment par la suite. Il envoya un texto à Sébastien – Ça va mon grand ? Bon courage pour tes révisions » – eut envie d'embrasser Laurence. Il n'était que 22 heures.

XXVI

À 23 heures, la musique devint française : Étienne Daho, Niagara, Marc Seberg, Elli Medeiros, Jean-Louis Murat, Gamine, Mikael Toma, Jil Caplan, Dominique Dalcan... Dans une heure, Fred aurait son cadeau. Alexandra avait ouvert un compte dans une agence de voyages, initiative qui avait eu le mérite de simplifier les formalités d'usage.

— La musique n'est pas un peu forte ? s'enquit Patrick auprès de son ami alors que *Nougayork* vrombissait dans son fracas métallique.

— Non, ça ne craint rien. Les premiers voisins sont assez éloignés, j'avais fait un repérage, assura Fred.

Vingt minutes plus tard, un voisin se présenta à la porte. Il dut attendre un moment et s'énerver sur la sonnette avant qu'un invité, qui était allé chercher des bouteilles à la cuisine, ne lui ouvre et avertisse le maître – provisoire – des lieux de cette présence inattendue.

— Bonsoir, j'habite à côté. Nous aussi nous recevons des amis dans notre jardin, mais on s'entend à peine. Vous pourriez baisser la musique et dire à vos invités d'être moins bruyants, s'il vous plaît ? demanda un homme d'une quarantaine d'années dont la politesse masquait assez mal une irritation certaine.

N'importe qui s'en serait rendu compte, enfin n'importe qui n'ayant pas déjà ingurgité huit ou neuf verres d'alcool, à l'instar de Fred, tout comme un esprit clair et un tant soit peu cinéphile aurait remarqué la ressemblance troublante de l'individu avec l'acteur américain Jason Biggs, bien que cet élément soit relativement secondaire.

— Je fête mon anniversaire, je peux baisser la musique, même si elle n'est pas très forte, mais je ne peux pas demander à mes invités de chuchoter. Vous voyez, c'est une fête, les gens boivent, rigolent, parlent un peu fort... C'est la vie quoi. On est dans une grande ville, pas à la campagne.

— Oui, je comprends, répondit le voisin en émettant un sourire compatissant, mais sans chuchoter, il serait peut-être possible à vos invités de ne pas chanter à tue-tête ou de hurler.

— Oui, oui, je vais essayer de calmer les plus bruyants, mais on va pas organiser un tournoi d'échecs non plus, rétorqua Fred qui s'apprêtait à prendre congé quand Emmanuel déboula avec une bouteille de champagne à la main.

— Qu'est-ce qui se passe ici ? Qu'est-ce qui s'organise ? lança-t-il.

— Monsieur habite à côté et il trouve que vous faites trop de bruit...

— Allez, allez, il vient boire un coup le voisin ! commanda Emmanuel en tirant le nouvel invité par le bras.

Ce dernier résista, plantant ses pieds dans le paillasson, avança d'un mètre sous les efforts d'Emmanuel, mais rejeta l'offre.

— Non, non, c'est gentil, mais ma femme et mes amis m'attendent, je n'ai pas le temps de boire un verre...

— Pas de ça chez nous, il fait pas sa rancunière ni sa mijaurée, il boit un coup...

Emmanuel accentua la pression, l'autre se débattit, la bouteille de champagne se brisa sur le carrelage du hall d'entrée couvert aussitôt de petites vagues mousseuses.

— Bravo Manolo, tu vas nettoyer maintenant, ordonna Fred.

— Oh ! Ça va ! C'est pas moi, c'est l'aut' con...

L'autre con se rebella.

— Non, mais dites donc, je ne vous permets pas. Espèce de grossier personnage...

— Surveille ta bouche, connard, sinon je vais t'en mettre une !

Alexandra et deux de ses amies arrivèrent. La femme de Fred prit les choses en main, Pécassou exfiltra Emmanuel vers le jardin, le voisin accepta les excuses et surtout la promesse d'un volume de nuisances sonores désormais sous contrôle. La soirée reprit son cours, Alexandra éteignit la musique – ce qui provoqua une montée de « OOOH » de désapprobation qui avait dû atteindre le jardin des voisins – et demanda aux convives d'être un peu plus soucieux du voisinage, sous peine de devoir écourter la fête. L'ambiance s'apaisa durant un quart d'heure. De temps en temps, on entendait des verres se briser sur la terrasse ou autour de la piscine dans laquelle Irène puis une autre femme furent jetées quelques instants plus tard en poussant de hauts cris. Le mari de la seconde, un chauve costaud au visage rouge, chercha les responsables. Il tomba sur Emmanuel qui s'esclaffait

— Ça te fait marrer, connard ? Tu sais combien elle vaut la robe de ma femme ?

— Hé, Monsieur Propre, j'y suis pour rien, j'ai pas touché à ta bourgeoise…

La dénégation, pourtant véridique, ne convainquit pas l'époux courroucé qui propulsa le bouc émissaire dans la piscine. Celui-ci prit d'ailleurs la chose du bon côté et commença à se déshabiller dans le bassin. Quand il en sortit, il était presque nu, seul un caleçon protégeait le public de sa nudité. Il s'en débarrassa et plongea à nouveau.

« La nuit est chaude, elle est sauvage... », chantaient Les Avions. Elle tombait bien cette chanson, se dit Patrick en observant un grand type qui titubait et se dirigeait vers un coin du jardin à l'abri des lumières. Il le suivit du regard puis le suivit tout court, légèrement inquiet quant à l'état de l'ivrogne qui s'appuya d'un bras contre un mur et vomit bruyamment de longues giclées sur un massif de fleurs. Patrick revint sur ses pas, retrouva Laurence avec une femme. Son visage lui disait quelque chose.

— Emmanuelle t'a reconnue, mais pas toi visiblement, annonça Laurence en souriant.

En effet, Emmanuelle. Ils étaient sortis ensemble une quinzaine de jours à la fin de la troisième année. Le mari d'Emmanuelle se joignit à eux : Pascal, l'un des anciens copains de Patrick qu'il avait connu à l'époque grâce à Fred. Pascal suivait alors des études d'audiovisuel et ne connaissait pas Emmanuelle. Patrick en conclut qu'il ne l'avait pas donc pas cocufié, il avait juste couché avec sa femme avant que celle-ci ne le devienne et le mari n'en avait pas été ultérieurement informé, vu sa placidité dénuée de toute jalousie rétroactive. N'empêche, surtout en présence de Laurence, la situation était gênante.

— Il faut que l'on parle à un ami qui vit à Istanbul, Stéphane, on se voit tout à l'heure, improvisa Patrick.

— Elle a été ta petite copine, non ?

— Qui ? Emmanuelle ? Non, une copine, c'est tout…

— Elle parle de toi avec des étincelles dans les yeux. Ne t'avise pas alors de vouloir rattraper une occasion perdue, don Juan…

Le géant qui avait vomi sur les fleurs dormait maintenant affalé dans un fauteuil en cuir dont l'un des pieds avait cédé sous la masse. Une sexagénaire en robe rouge et au visage d'alcoolique dansait pieds nus au bord de la piscine sur des débris de verre. Du sang s'étalait sur le carrelage en pierre. Emmanuel, drapé dans un peignoir de bain blanc qui devait appartenir au propriétaire de la maison, se dirigea vers elle pour la faire danser, mais avant prodigua les premiers soins consistant à tremper ses pieds dans la piscine afin de désinfecter les plaies. Ce n'était pas idiot, mais la mesure ne s'avérait pas très hygiénique pour les éventuels futurs baigneurs, volontaires ou pas.

Alexandra baissa à nouveau la musique – le dernier album de Daft Punk – en provoquant une fois de plus l'ire de l'assemblée. Avec les événements, on avait oublié la séquence du cadeau. Elle remit solennellement une enveloppe que Fred ouvrit. Surpris, il lut le sobre intitulé – « Un compte ouvert chez Thomas Cook » – dont la sécheresse ne reflétait pas le contenu : au final, sans doute une semaine, à deux ou en famille, dans un hôtel de luxe à quelques milliers de kilomètres de là. Le jeune quinquagénaire eut à peine le temps de remercier que des « Un discours ! Un discours ! Un discours ! » s'élevèrent dans une clameur digne d'une arène romaine au temps de la splendeur de l'empire. Le calme revenu, on entendit distinctement un « Silence ! Ça suffit maintenant ! Il est une heure du matin ! » que l'on pouvait raisonnablement attribuer au voisin déjà cité.

— Ta gueule ! vociféra Emmanuel avant d'enchaîner avec un mot d'ordre plus convivial repris par de nombreux invités. Le voisin avec nous ! Le voisin avec nous !

Curieusement, ledit voisin ne se manifesta plus et aucun policier municipal ne vint par la suite relayer, de manière plus formelle et contraignante, les récriminations du mauvais coucheur.

Fred se lança dans un discours visiblement improvisé, ce dont personne ne lui tint rigueur, sauf Alexandra quand il évoqua avec des accents que l'on pouvait assimiler à des remords les autres existences possibles, les vies moins banales et plus grandioses auxquelles il avait tourné le dos en se mariant et en fondant une famille. « Mais je ne regrette rien », ajouta-t-il, paraphrasant Édith Piaf et incidemment les légionnaires putschistes du 1er REP ainsi que certains partisans de l'Algérie française. Les trémolos dans sa voix paraissaient toutefois démentir l'absence de regrets affichée et cette impression devint encore plus gênante quand il se mit à pleurer. Plusieurs invités se pressèrent auprès de Fred, secoué par des spasmes et se tenant le visage à deux mains. Une blonde aux cheveux courts apporta une chaise tandis qu'Alexandra se rua, elle aussi en larmes, dans la maison. Emmanuel réconforta Fred à sa façon.

— Allons, allons, tu vas pas chialer comme une gonzesse pour ton anniversaire !

— Et toi, tu ne peux pas fermer ton peignoir plutôt que montrer ta bite et tes couilles à tout le monde ! lança la blonde à Emmanuel dont le peignoir ouvert dévoilait en effet une part, certes modeste mais cruciale, de son intimité.

— Quoi mes couilles ? Qu'est-ce qu'elles ont mes couilles ? répondit Emmanuel en brandissant un micro imaginaire.

Aussi vulgaire soit-elle, la repartie eut le mérite de faire rire, y compris Fred qui apparemment s'était remis de son accès de sentimentalité. Marine mit *Happy Birthday* de Stevie Wonder, insupportable scie, témoignant mal du grand talent de l'artiste aveugle, aussitôt reprise en chœur. Patrick partit à la recherche d'Alexandra. Elle était blottie dans un canapé du salon, entourée par quatre amies et la tête cachée entre ses bras tel un enfant injustement puni. Malgré la posture et des reniflements, on entendait distinctement : « Je suis humiliée… Ce con m'a humiliée… » Avec autorité, Patrick dissipa le gynécée, chassa un type bourré planté devant la scène et s'assit à côté d'elle.

— Écoute-moi, Alex, je connais Fred depuis trente ans et je peux te dire, je peux te jurer que… Enfin, tu le connais toi aussi…

À son tour, il affrontait les difficultés de l'improvisation.

Les pleurs de la femme bafouée redoublèrent, mais elle parvint à émettre un râle.

— C'est un gros connaaard…

— Mais oui, on le sait bien, mais c'est pour ça qu'on l'aime, et il t'aime, il vous aime, les filles et toi. C'est juste un beauf qui ne sait pas ce qu'il dit. Il n'a jamais su s'exprimer, il a deux cents mots de vocabulaire, il n'a pas lu un livre depuis le bac, il est aussi subtil qu'un skinhead, mais…

— Hé, tu arrêtes de dire du mal de mon mari, répondit l'épouse en se retournant et en offrant à Patrick un visage chiffonné.

Ils se sourirent et se donnèrent une accolade, un « hug » comme l'on dit dans les films et les séries américaines.

— Allez, on va te débarbouiller et on retrouve les autres, décréta Patrick.

La salle de bains du rez-de-chaussée était occupée et les bruits qui s'en dégageaient ne laissaient présager une libération rapide des lieux. Deux autres se trouvaient au premier étage. Dans l'une, les toilettes étaient bouchées et une marée stagnante menaçait de déborder de la cuvette, ce qui expliquait l'odeur nauséabonde flottant dans la pièce. Au fond du couloir, la dernière salle de bains offrait une position de repli. En passant devant la porte d'une chambre, Alexandra se mit à l'arrêt tel un chien de chasse subodorant une circonstance favorable. Les gémissements et les grognements ne laissaient pas de doute sur la nature des échanges en cours. La femme de Fred poussa la porte et ils découvrirent malgré la pénombre ce qu'ils attendaient : un homme, le pantalon baissé, besognait une dame.

— Non, mais j'y crois pas ! Jean-Claude, qu'est-ce que tu fais ?

La question n'était pas à prendre au premier degré car les faits ne souffraient d'aucune ambiguïté, mais ce genre de phrase nous vient inévitablement face à une situation gênante.

— Ta femme est en bas et toi tu sautes une greluche !

Greluche : qui employait encore ce mot, lequel, parmi tant d'autres tout aussi désuets, ravissait

Patrick ? Alexandra, par exemple. La greluche se prénommait Irène, mais Patrick sentit que le moment n'était pas aux présentations.

— Bande de dégénérés, barrez-vous ! cria-t-elle.

Patrick dirigea Alexandra vers la salle de bains.

— Ce n'est pas possible, cette soirée vire au cauchemar, je n'en peux plus...

— On s'en fout, tu n'es pas responsable des conneries des uns ou des autres. Allez, refais-toi une beauté.

Elle se passa de l'eau sur le visage, se rinça la bouche, se recoiffa avec les mains. Quand ils sortirent de la salle de bains, ils tombèrent sur Clémence dont l'expression de surprise trahissait une intuition inavouable qu'elle s'efforça de chasser après deux secondes de stupeur.

— Ah, tu es là... Je te cherchais. Viens, il y a un problème...

Le problème concernait la salle de bains du rez-de-chaussée. La porte restait résolument fermée malgré les coups et les appels lancés depuis l'extérieur par des usagers impatients puis inquiets.

— Qui est à l'intérieur ? demanda Alexandra.

— Ben, c'est précisément le problème. On ne sait pas, répondit Clémence.

— Je vais chercher Fred.

Celui-ci esquissait dans le jardin quelques pas de bossa nova, au son de *Essa moça tà diferente* de

Chico Buarque, avec une Irène titubante et visiblement remise de son *coitus interruptus*.

— Viens tout de suite, quelqu'un est enfermé dans la salle de bains du bas depuis un moment et ne répond pas ! cria sa femme.

— Qui c'est ?

— J'en sais rien ! T'as qu'à faire l'appel, on verra bien qui manque ! Abruti...

En tout cas, ce n'était pas Emmanuel, qui venait de soulager sa vessie contre un massif de fleurs et qui refermait son peignoir.

— Et toi, t'as qu'à pisser dehors ! Tu te crois où ? hurla Alex.

— Les toilettes sont occupées depuis des plombes !

— Il y en a en haut !

— En haut, c'est trop haut !

Une petite assemblée était maintenant réunie devant la salle de bains. Fred tapa à la porte à son tour, procédure inutile mais qu'il était bon de réitérer avant tout nouvelle initiative.

— De toute façon, faut entrer. Il y a peut-être quelqu'un qui a eu un malaise, poursuivit-il.

Pécassou, en bon diplomate, tenta de décoincer la serrure en actionnant la lame d'un couteau à l'intérieur. Peine perdue. Une solution radicale s'imposait. Place aux hommes d'action.

— Faut défoncer la porte, annonça Emmanuel.

Il était près de 2 heures, des invités quittaient les lieux. Certains ne tenaient peut-être pas à être là quand la salle de bains révélerait son secret qui risquait d'être tragique.

— Tu as raison, abonda Pécassou, mais comment ?

— Je ne vais pas chercher une hache ou une masse dans la maison. On va y aller à l'épaule, ajouta Fred.

La plupart des convives encore présents étaient maintenant dans la pièce.

— Bon, Manolo, tu le sens ? On y va ?

— Attends, j'ai vu un extincteur dans le couloir…

On pouvait reprocher beaucoup de choses à Emmanuel, mais pas de fuir devant les responsabilités. Trois coups d'extincteur vinrent à bout de la serrure de la porte qui resta sur ses gonds. Un homme était dans la baignoire, en caleçon. On identifia Paul Bertrand, l'une des personnes que l'on ne s'attendait pas à trouver en pareille posture. L'eau froide du pommeau de douche le sortit de sa léthargie. Au soulagement général, il n'était pas mort ni inconscient. Il dormait juste, plombé par une gueule de bois qu'il avait tenté, sans succès, de calmer par une douche. Revenu à lui, il balbutiait, bégayait. Fred et Pécassou le portèrent dans une chambre du premier et le mirent au lit.

Emmanuel dormait aussi après ces efforts, mais sur un canapé beige souillé de taches de vin rouge, taches que l'on retrouvait sur son peignoir et que la présence d'un verre renversé sur le tapis pouvait expliquer. Le sol de la pièce était jonché ici et là de restes de toasts, de tranches de jambon, de crevettes et autres nourritures subsistant de l'apéritif. Les derniers invités n'avaient pas voulu repartir le ventre vide et au milieu de la nuit les estomacs s'étaient creusés.

Stéphane partit à son tour, un vol direct le ramenait à Istanbul en fin de matinée. Il voulait dormir un peu. Irène parlait avec Pécassou, Patrick les vit monter au premier. Et allez. Un couple portait par les épaules la sexagénaire aux pieds entaillés en promettant de la ramener chez elle. Une odeur de brûlé et de la fumée émanaient d'un fauteuil sur le coussin duquel un mégot avait été oublié. Fred éteignit le début d'incendie en versant une demi-bouteille d'eau. Patrick retrouva Laurence dans le jardin en compagnie d'Alexandra, elles étaient assises autour d'une table et il leur amena une bouteille de champagne tiède car le frigidaire de la cuisine dans lequel il l'avait dégotée était resté ouvert depuis un moment.

— On trinque ou on attend Fred ? demanda-t-il.

— On trinque et on retrinquera avec lui, trancha Alexandra.

Fred s'était remis à la programmation musicale en déshérence depuis une heure. Patrick eut des frissons en entendant *Cars and Girls* de Prefab Sprout. Il avait acheté le 33-tours dont ce titre était extrait à la Fnac Wilson un jour de printemps 1988. Éric était venu l'écouter dès le lendemain après-midi dans son appartement de la rue du Taur. Ils avaient fumé un joint, roulé par Éric, et s'étaient disputés à propos d'*Apocalypse Now* de Coppola. Puis ils avaient parlé de Florence. « Pourquoi ces heures si banales, ces détails me sont restés plutôt que d'autres, sans doute plus essentielles ? » se demandait Patrick. Peut-être parce qu'elles étaient à la fois légères et graves, primesautières et solennelles, grâce à cette assurance mêlée d'insouciance que confère la jeunesse. Après *Cars and Girls*, il y eut *Il faut tourner la page* de Nougaro, une autre chanson favorite de Patrick. Qui avait écrit : « Le hasard a ceci d'extraordinaire, c'est qu'il est naturel » ? Il vérifierait.

Nous courons toujours pressés, toujours en retard, songea-t-il, mais l'on vit avec les paroles des chansons dans nos têtes. On croit au coup de foudre. L'existence nous emporte. En général, c'est moins romantique que dans les chansons. C'est compliqué et brouillon. Mauvais tempo, occasions manquées, disque rayé, incapacité de dire ce que l'on doit dire quand il faut le dire. Par miracle, de temps à autre, dans ce chaos, quelque chose d'inattendu arrive et nous fait avancer. Quelques fois, tout est si parfait qu'il faudrait que tout se fige, que personne ne bouge, que plus rien n'existe. La vie pourrait s'achever dans cette perfection dépassant un peu notre condition humaine. Ce serait une forme d'éternité. Quelqu'un prendrait une photo et l'on s'arrêterait là. À quoi bon continuer quand on a connu le meilleur ? Qu'espère-t-on ? Il avait Laurence auprès de lui et avec elle ce serait jusqu'à la mort. D'ici là, le meilleur était encore à venir. Il l'espérait.

XXVII

Les jours suivants, Patrick et Laurence se remémorèrent en riant leurs souvenirs, communs et respectifs, de cet anniversaire baroque. Le dimanche, ils avaient finalement séché le brunch de Fred au profit d'un déjeuner sur la terrasse du Bibent, place du Capitole. De toute façon, le brunch n'avait pas eu lieu et l'après-midi avait consisté à tenter de redonner à la maison une apparence à peu près correcte. Entreprise délicate, même avec le renfort d'Emmanuel, de Paul Bertrand, de Pécassou et d'Irène qui avaient dormi sur place. Une porte défoncée, des fauteuils et des chaises cassés ou endommagés, des toilettes bouchées, un jardin jonché de déjections, de la vaisselle brisée : certains dommages collatéraux ne pouvaient être corrigés avant l'état des lieux prévu le lundi avec les propriétaires. Sans surprise, l'addition fut salée, ainsi que Fred l'apprit à Patrick plus tard.

La vie reprit son cours avec son lot de contingences. À *L'Hebdo*, cela devenait de plus en plus folklorique. À croire que le grand vent de dégagisme qui avait soufflé sur le théâtre politique rendait les pontes du journal encore plus fébriles. La « séquence », comme ils disaient, de la campagne présidentielle et des élections législatives avait quelque peu dopé les ventes, mais l'obsession du changement, du mouvement, de l'adaptation corrompait toujours plus les cerveaux. D'après la prescription de l'un des consultants extérieurs embauchés par *L'Hebdo*, Patrick devrait désormais intégrer dans ses pages des portraits d'« influenceurs » et de « tendanceurs », ainsi que d'« influenceuses » et de « tendanceuses », comme le suggérait l'écriture inclusive dans laquelle était rédigé le mail annonçant la nouvelle. Concrètement, cela signifiait qu'il faudrait gâcher du temps et de l'espace pour écrire sur des zozos – et des zozettes ? Quel était le féminin de zozo ? – ayant quelques milliers de « followers » sur les réseaux sociaux. Patrick tenta d'en parler avec le consultant à l'origine de cette idée stupide, mais ce dernier, un grand type mou d'une trentaine d'années qu'il apercevait de temps en temps dans les couloirs, toujours en train de parler dans son smartphone en mains libres, se révéla à l'image de son regard : fuyant. Impossible d'approcher cet hologramme.

Patrick se rabattit alors sur le mail, instrument que ces technophiles ne pouvaient ignorer. Poliment et brièvement, il expliqua en quoi une telle démarche lui semblait nuisible à la tenue des pages, appréciées par les lecteurs et les annonceurs, qu'il avait en charge. La réponse ne tarda pas. « Bjr, vous pouvez svp me proposer une première liste de noms, je dois les soumettre à notre team numérique. P. » Décidément, il n'y avait rien à attendre de ces cons-là. Des machines et des algorithmes sur pattes. Leur cuistrerie n'avait d'égale que leur ignorance. Patrick sentait monter en lui des envies de poing dans la gueule et de pelotons d'exécution, puis cette rage se dissipait. Le « À quoi bon ? » l'emportait sur l'esprit de résistance. Plutôt laisser faire, laisser passer que de s'épuiser dans un combat perdu d'avance. Passer entre les gouttes et attendre la fin de l'orage. Après tout, si cela se trouvait, dans quelques semaines ou dans quelques mois, quand la nouvelle direction prise par le journal aurait révélé son échec, qu'il pressentait aussi spectaculaire qu'inévitable, peut-être que l'on reviendrait à la raison ? À vrai dire, il ne croyait pas à ce scénario. À partir d'un certain seuil d'incompétence et d'absurdité, il n'y avait plus de limites. On ne pouvait plus remonter la pente, juste retarder le moment du naufrage ultime. Comme lorsque l'idée de Solange Bernard de bannir tout livre et tout journal ou magazine des murs de *L'Hebdo* – sous le prétexte que ces choses imprimées, qui prenaient de la place et attiraient la poussière, pouvaient être consultées par ordinateur, elle avait pris l'exemple des annuaires téléphoniques pour soutenir sa thèse – fut recalée par la direction. Ces dernières digues bientôt sauteraient. Bienvenue sur le *Titanic*. Patrick ne voyait pas quelle place il pourrait occuper dans le nouveau monde à venir. Un monde de liquidateurs, d'amnésiques, d'autodafés. Laurence le réconfortait quand il lui faisait part, rarement, de ses états d'âme professionnels.

— Mais enfin, tu as du talent, de l'expérience, de la culture…

Il n'osait lui avouer que de tels traits – si tant est qu'ils fussent avérés – avaient valeur désormais d'éléments à charge.

En ce début de juin, Patrick reçut un message sur son téléphone de la part de la secrétaire du nouveau patron des éditions des Archives. Il rappela, on lui passa Bruno Jaulin, ils prirent rendez-vous. Sanders avait été remplacé à la tête des Archives par ce marchand de tapis, vulgaire et sympathique, comme savent l'être les joueurs de bonneteau. Pendant vingt ans, Jaulin avait été l'un des éditeurs d'une illustre maison concurrente et avait réussi la performance de n'avoir associé son nom à aucun écrivain, de n'avoir découvert aucun talent durable. Paradoxalement, sa longévité résidait dans cet effacement. Falot et enjoué, Bruno Jaulin ne faisait pas d'ombre aux autres éditeurs de la maison, plus ambitieux et soucieux de leur stature. Contrairement à eux, il n'était pas lui-même écrivain, juste un ancien critique besogneux, et la condescendance, voire le mépris, qu'on lui témoignait protégeait ses positions. Il éditait les auteurs dont les autres ne voulaient pas et un tel sens du sacrifice était précieux aux yeux des patrons du groupe.

En raison de ses états de service de nègre aux Archives, Patrick avait été convoqué par Jaulin plus de six mois après la prise de ses nouvelles fonctions. Cela faisait un an que Patrick n'avait pas poussé la porte de la rue du Bac. Paris suffoquait. Il était bientôt 16 heures. Patrick pressa le pas, il n'aimait pas ne pas être ponctuel. À l'accueil, Françoise avait été remplacée par une jeune femme. Il se présenta et évoqua son rendez-vous, elle prit son combiné pour l'annoncer. Tandis qu'il s'apprêtait à emprunter l'escalier menant aux bureaux, ce qu'il avait fait naturellement des années durant, elle lui demanda de s'asseoir et d'attendre dans le hall. Vingt minutes passèrent avant qu'il n'eût l'autorisation de se rendre à l'ancien bureau de Sanders. Jaulin l'accueillit chaleureusement en lâchant : « On avait dit 17 heures, non ? Bon, c'est pas grave... » Non, ils avaient dit 16 heures, Patrick ne releva pas. Des années que ces deux-là se connaissaient de loin, de cocktails en soirées mondaines. Le nouveau patron des Archives s'affala bruyamment dans le siège occupé naguère par Sanders. La disposition du bureau n'avait guère changé, des photos de famille avaient remplacé des portraits d'auteurs. Jaulin posa ses Weston sur le bureau et alla droit au but. À la grande surprise de son interlocuteur, l'éditeur ne lui proposa pas un traditionnel travail de nègre, mais lui demanda s'il avait un roman « sous le coude » ou « dans la tête ». Patrick visualisa ces deux situations au pied de la lettre, l'autre enchaîna.

— Il me faut de la came, Patrick, mais attention, de la bonne came ! Alors, est-ce que vous me donnerez de la bonne came ? Je ne sais pas... Il faut que je lise.

En effet, cela semblait préférable. Patrick n'écoutait plus les inepties sortant de cette bonne bouille de fayot qui avait dû supporter nombre de moqueries à l'école, au collège, peut-être plus tard encore. Il observait sa calvitie naissante, sa couperose discrète. Malgré sa faconde et son aisance surjouées, il se dégageait de Jaulin un sentiment de gêne, comme une tache sur le front dont il aurait été le seul à connaître l'existence. Heureusement, l'entrevue fut brève.

« Hors de question que je bosse pour un abruti pareil », décréta Patrick en se dirigeant vers le boulevard Saint-Germain. Se remémorant l'étrange monologue de Jaulin sur « la came » et les succès de librairie ponctué de considérations graveleuses sur les femmes travaillant aux Archives, y compris lorsque l'une d'elles entra dans le bureau pour déposer des dossiers, il eut un doute. Était-il aussi bête et creux qu'il en avait l'air ou cultivait-il le plaisir, aussi baroque qu'aristocratique, d'être pris pour un con ? Du moins pour beaucoup plus con qu'il n'était en réalité. Avait-il inversé le principe du fameux dîner de cons ? Dans tous les cas, c'était pathétique. On était passé de Sanders à Jaulin. Bien sûr, le temps des Sanders était fini, mais tout de même. Comment pouvait-on tomber si bas ?

Patrick appela Laurence, répondeur, puis le chef du Comptoir du relais. Avec un peu de chance, il pourrait avoir deux places en terrasse pour le soir. Bingo. Il fallait bien cela pour oublier Jaulin. Le lendemain, Patrick relata son entrevue à Antoine.

— Tu dois faire un livre chez lui, non ? lui demanda-t-il.

— Oui, c'est fait, une vision décalée de la campagne présidentielle. Un texte assez personnel. Je me suis vraiment donné du mal, ce n'est pas un banal livre de journaliste politique. Je lui ai envoyé le manuscrit par mail il y a quinze jours. Une semaine plus tard, j'ai reçu un mail : « Cher Antoine, je crois que vous vous êtes trompé de fichier... » Rien d'autre.

— Ah oui, pas mal ! s'esclaffa Patrick. Excuse-moi de rire, mais c'est grand…

— J'ai évidemment vérifié ma pièce jointe, mais j'avais envoyé le bon texte…

— Je n'arrive pas à savoir s'il est pervers ou juste débile, dit Patrick.

Ils évoquèrent ensuite la situation de *L'Hebdo*. Antoine lui confia qu'il songeait à postuler ailleurs.

— Je crois que nous ne sommes plus faits pour ce monde. La presse change, l'édition change, on est des vieux crabes. Plus rien de ce qu'on a connu il y a encore dix ou quinze ans ne va rester debout. Au moins, on aura profité des derniers feux du monde d'avant, des kiosques, des librairies, des journaux et des livres en papier…, maugréa Patrick.

Ils prirent un autre café sur une terrasse ensoleillée du boulevard des Capucines, non loin de l'Olympia. Au moment où Antoine s'apprêtait à régler, il consulta son smartphone qui venait de vibrer.

— Merde, Paul-Henri est mort…

XXVIII

Paul-Henri Mathis. Matt, PHM : ses surnoms les plus répandus. Mort d'une crise cardiaque dans la matinée, chez lui, à soixante-sept ans. Grand journaliste, grand éditorialiste. Il avait pris sa retraite trois ans avant. Enfin, il intervenait ici ou là, à la radio ou à la télévision, signait de temps en temps une tribune sur un sujet lui tenant à cœur. Son pot de départ à *L'Hebdo*, où il fit l'essentiel de sa carrière, avec quelques parenthèses chez la concurrence dues à des fâcheries ou des déceptions, ce fut quelque chose. Paul-Henri avait mis le pied à l'étrier, comme le dit cette expression désuète et chevaleresque qu'il aimait tant, à des dizaines et des dizaines de journalistes. Un professeur d'énergie qui tirait les autres vers le haut, qui donnait envie de tenter d'égaler sa compétence, sa générosité, son acuité, son intelligence. Les gens qu'il avait formés ou lancés s'en souvenaient. Rencontrer ce genre d'individu n'incitait pas à l'ingratitude ni à l'oubli. Quand Claire fut enceinte, Patrick demanda à Paul-Henri d'être le parrain de son enfant.

— Mon Patrick, tu sais bien que je ne suis pas un bon père. Alors, un parrain… Tu es sûr ?

Paul-Henri mentait. Malgré ses absences, il était un bon père. Trop jeune pour être un père de substitution, trop vieux pour être un frère, il avait été aux yeux de Patrick son pygmalion et *le meilleur des amis*. Cette expression aussi était la sienne. Il l'avait lâchée lors d'un dîner au Bon Vivre à Montparnasse. Au puissant vin de Gaillac avaient succédé deux tournées d'armagnac. L'alcool ayant fait fléchir sa pudeur, Patrick lui avait dit combien il comptait, qu'il était un ami irremplaçable et qu'il ne pourrait jamais lui rendre ce qu'il lui avait donné. Sur le boulevard, Paul-Henri le prit par l'épaule et confia de sa belle voix de basse : « Toi aussi, tu es le meilleur des amis. Maintenant que c'est dit, n'en parlons plus. Nous le savons. »

Si Patrick était *le meilleur des amis* pour Paul-Henri, alors il n'avait pas tout à fait raté sa vie. Il aimait les petits mots, les mails et les SMS que le jeune retraité lui envoyait maintenant qu'ils ne se voyaient plus que deux ou trois fois par an. Chaque fois ou presque, ils remplissaient Patrick de cette confiance et de cette sérénité qui lui faisaient tant défaut, malgré les apparences.

Il y eut un monde fou à ses obsèques. L'église Saint-Germain-des-Prés peinait à accueillir l'assistance. Des visages connus ou inconnus se côtoyaient comme des camarades d'une guerre perdue ensemble, soldats inutiles retardant le moment de rompre les rangs. L'inhumation aurait lieu dans la stricte intimité. Devant l'église, Patrick échangea des paroles de circonstance avec quelques amis ou connaissances puis fila vers le Café de la Mairie en espérant n'y rencontrer personne. Depuis la terrasse, il appela Laurence.

— Ça va ? demanda-t-elle.

— Oui, ça va, le curé était bien, pour une fois.

Il lui proposa de dîner quelque part, n'importe où mais en terrasse. Elle accepta. Nulle envie de revenir au journal. De toute façon, c'était vendredi. Il rentra chez lui et se mit à l'écriture de sa prochaine chronique. Les mots arrivèrent naturellement, presque sans effort. Patrick voulait rendre un hommage joyeux et tendre à son vieux maître, surtout rien de larmoyant ni d'ampoulé. L'article terminé, il pleura à chaudes larmes. Maintenant, il pouvait lâcher prise.

La semaine suivante fut plus joyeuse. Sébastien décrocha son bac avec la mention « Très bien », Laurence remporta un procès insolemment rémunérateur, Fred les invita à un séjour au soleil.

Avec Alexandra, ils avaient loué une grande villa à Sant Feliu de Guixols, sur la Costa Brava, les trois premières semaines d'août. Apparemment nullement découragés par l'anniversaire, ils proposaient à certains de leurs amis de les rejoindre quelques jours pendant cette période. Laurence et Patrick n'avaient rien prévu, sinon une semaine à Naples en septembre. Cette année, Sébastien irait à Nice chez sa grand-mère en avion, Patrick était libre comme l'air. Après avoir consulté Laurence, il accepta. Du vendredi 4 août au samedi 12. Ils prendraient un vol pour Barcelone puis loueraient une voiture.

Patrick envisageait de plus en plus sérieusement son départ de *L'Hebdo*. Rupture conventionnelle ou clause de conscience : les portes de sortie ne manquaient pas. Mais que ferait-il ensuite ? Il n'avait que quarante-huit ans et il fallait bien vivre, gagner de l'argent. Il ne s'imaginait pas reprendre durablement ses travaux de nègre littéraire. Et puis, cette activité payait mal désormais, à l'exception de quelques livres pour des « gros clients » que se partageaient des nègres plus chevronnés et introduits que lui. Dans quel journal pourrait-il exercer ses talents avec le confort et le degré de liberté qu'il avait réussi malgré tout à préserver ? Il ne voyait pas d'issue viable, se sentait pris au piège dans sa cage relativement dorée. Certains jours, il se persuadait que tout n'allait pas si mal. D'autres, il avait envie de démissionner dans l'instant. Juillet passa et il considérait le petit séjour en Espagne comme une libération, une parenthèse enchantée. Laurence aussi, pour d'autres raisons, une masse de travail, des dossiers complexes, avait besoin d'un répit. Certains soirs, ils imaginaient les plaisirs à venir : la plage, les déjeuners aussi interminables qu'arrosés, les grasses matinées…

Le vendredi 4 août à 11 heures, Laurence l'appela. Elle avait perdu sa carte d'identité, du moins ne la retrouvait plus. Elle avait déposé la veille sa valise pour les vacances au cabinet, un déjeuner professionnel important l'attendait avant qu'ils ne se retrouvent à Orly pour prendre le vol de 17 heures à destination de Barcelone. Patrick devrait passer rue de Bourgogne pour récupérer son passeport, dans le tiroir de la table de nuit, ou bien dans l'un des deux tiroirs du meuble à l'entrée, elle en était sûre, le passeport y était. Pour la forme, il bougonna, mais sa journée était bouclée. Il n'avait rien à faire, sinon récupérer sa propre valise rue Monge. Il se fit déposer chez elle en taxi. Il n'y avait rien dans le tiroir de la table de nuit. Enfin si, du bordel – de l'aspirine, des papiers, des stylos, des carnets, des piles, un vieux dictaphone… –, mais pas de passeport. Patrick commença à s'énerver, s'il ne trouvait pas ce maudit passeport, ils pouvaient dire adieu à leurs vacances. Il ouvrit les tiroirs du meuble de l'entrée, les fouilla avec fébrilité, eut envie de déverser leur contenu sur le tapis pour être sûr de n'avoir rien laissé échapper. Plus méthodiquement, il posa des courriers, des chemises cartonnées, des factures par petits tas sur le sol et, miracle, dénicha le sésame. Pas mécontent de lui-même, Patrick remplit les tiroirs sans ménagement. Elle n'aurait qu'à ranger elle-même plus tard ce gourbi. D'une chemise en carton se dispersèrent sur le sol une petite dizaine de photos qu'il ramassa et regarda par réflexe. Un bébé dans son landau. Le même bébé assis par terre. Le bébé avec un jeune couple, les parents sans nul doute. Le bébé dans les bras de sa mère. Dans les bras de Laurence. Il les regarda à nouveau, une par une, pour se convaincre d'une évidence qui sautait aux yeux. Il rangea la chemise dans un tiroir. Patrick avait chaud, il avait soif. Il décida de rentrer rue Monge à pied.

Sur le chemin, il échafauda des scénarios, des hypothèses. La plus plausible ? Cet enfant était mort. Sur les photographies, Laurence semblait avoir trente ans ou moins. L'enfant aurait eu sensiblement le même âge que Sébastien aujourd'hui. Depuis six mois, Laurence et lui ne s'étaient guère quittés. Elle n'avait jamais évoqué le fait d'avoir un fils ou une fille. Était-il possible qu'une mère se détourne de son enfant ? Qu'elle en perde la garde ? Vivait-il avec son père à des milliers de kilomètres de Paris ? Le père l'avait-il enlevé ? Elle n'avait parlé de son lointain divorce que du bout des lèvres et avec des points de suspension. Il n'avait pas insisté. Il se souvenait clairement que Laurence avait dit ne pas avoir d'enfant et il avait pris cela comme un signe, un don du ciel. Pas besoin de se lancer dans l'exercice compliqué des familles recomposées, Sébastien suffisait entre eux. Lui avait-elle menti ? Oui, assurément. Au moins, par omission. Seule une tragédie pouvait expliquer une telle « impasse », un tel « blanc ». Elle n'aurait pas pu lui cacher l'existence d'un enfant de dix-sept ou dix-huit ans. En marchant, il envoya un texto : « J'ai le passeport. » « Super, tu es un as ! 15 heures 15 h 15 à Orly ? » « OK. »

Il n'était que 13 heures. Patrick s'arrêta au Bande à part. Il y avait de la place au comptoir. Il n'avait pas faim, mais commanda le plat du jour pour justifier ses verres de vin. « Un blanc sec, ce que vous avez d'ouvert », demanda-t-il à la serveuse. Jean-Michel l'avait entendu, s'approcha et lui serra la main en le servant.

— Tiens, goûte-moi ça… Un petit chenin qui vaut le détour… Qu'est-ce qu'il y a ? Tu tires une tronche…

— Non rien, on part tout à l'heure en Espagne pour une semaine. J'ai encore des choses à faire, faut pas que je traîne…

— C'est toi qui as voulu boire un coup, non ? Allez, trinch ! Le plat de Patrick, il arrive ou vous vous êtes endormis dessus ? lança Jean-Michel en direction des cuisines.

Il toucha à peine au sauté d'agneau et à ses légumes de saison, demanda un autre verre à la serveuse, régla et profita de l'absence du patron pour partir. Il se sentait méprisé, trahi, nié, abandonné. Il n'aimait pas le mélodrame, mais l'apitoiement sur soi avait parfois du bon, même s'il n'eût jamais osé se l'avouer.

Chez lui, il s'assit sur le canapé avec une bière qu'il but en trois coups. Il avait envie de dormir, longtemps. Ce n'était pas le moment. Quelle histoire. Pourquoi était-il tombé sur ces photos ? Pourquoi ce jour-là ? Et s'il restait à Paris ? S'il coupait son téléphone vingt-quatre heures et dormait ? Non, ce n'était pas la solution. Il ne pouvait pas faire cela à Laurence. Il devait se ressaisir. Après tout, elle devait avoir ses raisons. « *Tout le monde a ses raisons* », disait quelqu'un dans *La Règle du jeu* de Renoir. Avait-elle voulu qu'il trouve les photos ? Un tel machiavélisme n'était pas possible. Et puis, il aurait pu aussi bien tomber sur le passeport avant.

Ils se retrouvèrent à l'enregistrement des bagages.

— Ça va, mon hidalgo ?

— Oui, ça va.

— Tu es de mauvaise humeur ?

— Non, juste fatigué.

Il l'embrassa. Peut-être vivait-il avec une inconnue depuis six mois. Une insondable et inavouable tristesse l'assaillit. N'était-ce que cela la vie terrestre, un ballet absurde de rencontres et de séparations, ces joies partagées et ces peines solitaires qui faisaient nos conditions d'êtres à la recherche de l'harmonie parfaite, de la fusion ultime que l'on croyait rencontrer ici ou là ? Tout finissait, tout s'effaçait, tout s'achevait. Les promesses étaient foulées au pied. Quel naïf pouvait y croire ? Les évidences joyeuses s'évanouissaient un jour. Le miracle de l'amour se transformait toujours en pathétique, en illusion. On avait misé sur les mauvaises valeurs. La bourse des sentiments était volatile. Elle dispersait ce que l'on pensait indestructible. Venait immanquablement le moment du krach. Et l'on était seul. Tout seul. Face au néant.

Durant le vol, il dormit comme une masse.

XXIX

Juste avant l'embarquement du vol pour Barcelone, Fred avait appelé. Il viendrait les chercher à l'aéroport, Patrick et Laurence n'allaient pas perdre du temps et de l'argent à louer une voiture qui ne leur servirait à rien durant le séjour, avait-il tranché. Une heure après l'atterrissage, ils arrivaient à Sant Feliu, plus exactement sur la baie de S'Agaro, juste avant la petite ville. S'Agaro présentait l'avantage d'être moins envahi que Sant Feliu par les hordes de touristes bien qu'en cette saison Français, Allemands et Belges en short ou en maillot de bain proliféraient. Fred et Alexandra avaient loué une vaste villa avec piscine sur la colline qui surplombait la baie. À pied, on pouvait rejoindre la plage et les établissements du bord de mer en moins de dix minutes.

Deux autres couples, présents à l'anniversaire de Fred, étaient déjà là : Diane et Paul, Clémence et Franck. Patrick ne les reconnut que très vaguement pendant que Laurence les saluait comme de vieilles connaissances. Alexandra conduisit les nouveaux venus à leur chambre. La villa en comptait sept et presque autant de salles de bains.

Puis ce fut le moment de prendre l'apéro sur la terrasse. On papota travail. Paul exerçait la profession d'avocat, Diane de notaire ; Laurence n'était pas dépaysée. Ces conversations assommaient Patrick. Pas la peine d'être en vacances pour parler boulot, ruminait-il intérieurement en laissant son regard se perdre vers la mer.

— T'en fais une gueule ! Cache ta joie ! s'exclama Fred en gloussant.

— Depuis que nous sommes en vacances, Monsieur est grognon, crut bon d'ajouter Laurence.

Patrick sourit mollement et fit mine de s'intéresser à l'autre couple. Clémence travaillait dans l'agence d'Alexandra et son mari était ingénieur du son. Passionnant. Un grand dadais fit irruption, salua Patrick d'une main molle, colla ses joues acnéiques sur celles de Laurence puis se jeta sur les tranches de jambon et de chorizo accompagnant l'apéro des adultes. La gigue boutonneuse, Félix, prénom que Patrick jugea d'emblée tout à fait idiot, juste bon pour un chat et encore, était le rejeton de Clémence et Franck. Il arborait cette nonchalance adolescente qui horripilait Patrick et que lui avait épargnée Sébastien. La porte claqua.

Marine et Pauline revenaient de la plage. Marine, dorée comme un croissant et belle à croquer, portait un minishort en jean, ce qui ne troublait guère Félix occupé à finir les assiettes.

Où dînerait-on ? Alexandra proposa de descendre à la Villa Mas sur la baie, restaurant dont Patrick avait repéré depuis Paris l'excellente réputation et placé dans les tables à faire. Fred préférait dîner à la maison. L'avocat abonda dans son sens, Patrick vanta les mérites du restaurant.

— Il est très bien, mais on y est allés déjà deux fois et le temps que les filles se douchent, il sera 9 heures ou 9 heures et demie, ce sera complet, argumenta Fred.

— Laisse choisir tes invités ! objecta Alexandra.

— On sera très bien ici, annonça Laurence.

— Mais oui, on va faire une grosse salade avec de la charcuterie, compléta Clémence.

Une nouvelle opposition aurait rangé Patrick dans le camp des obstinés et des ronchons, il prit acte de sa défaite et dit en silence à Clémence : « Espérons que ton chancre de fils n'a pas déjà bouffé toute la charcuterie… » Quelques bouteilles de vin rouge, ouvertes à la chaîne par Fred, chassèrent l'humeur maussade de Patrick. L'avocat et sa femme se révélaient d'un commerce agréable quand ils ne parlaient pas affaires avec Laurence. Aux salades et à la charcuterie annoncées, Fred ajouta des côtes de porc et d'agneau bienvenues qu'il fit cuire à la plancha sur la terrasse. Cette odeur de viande grillée, de vin rouge fruité et de mer sentait les vacances. L'ingénieur du son ne se contentait pas d'être un technicien et Patrick prenait plaisir à échanger avec lui des noms de groupes ou d'artistes réservés aux happy few. Clémence et Alexandra charriaient Fred sur son côté un brin autoritaire de « gentil organisateur » des vacances. On riait pour un rien. Même les enfants se tenaient bien. Pauline écoutait et regardait les adultes en se demandant si elle leur ressemblerait plus tard. Du moins, c'est ce qu'imaginait Patrick en observant son visage de petite fille qui est heureuse et qui ne le sait pas, mais qui découvrira ce bonheur passé peut-être plus tard à la faveur de souvenirs. Fidèle à lui-même, Félix mangeait avec une application qui, d'après ses parents, lui faisait défaut dans ses études. Quant à Marine, elle pianotait à toute vitesse sur son smartphone. Le repas à peine terminé, elle annonça qu'elle allait rejoindre des amis dans un bar de Sant Feliu. Interdiction de prendre la nuit le scooter que ses parents avaient loué, rappela Fred. Marine insista, Alexandra la déposerait en voiture à Sant Feliu, mais lui fit jurer avant de rentrer en taxi et surtout ne pas se faire raccompagner par des conducteurs alcoolisés.

— Si tu ne rentres pas en taxi, plus de sorties le soir jusqu'à la fin des vacances, menaça Fred. Et tu ne sors pas avec ce short…

Peu avant minuit, à son retour de Sant Feliu, Alexandra coucha Pauline. Félix, vautré sur un canapé, jouait sur une console. Une tournée de manzana avec de la glace s'imposa. Vers 3 heures du matin, Patrick se leva pour boire de l'eau à la cuisine et fit un tour sur le balcon où soufflait une légère brise. Un scooter déboula devant la villa. Marine en descendit et embrassa le conducteur. Patrick fila dans la chambre afin de ne pas la croiser.

Les jours suivants s'enchaînèrent au rythme de baignades, de lectures sur la plage ou la terrasse, de longs apéros, de déjeuners tardifs, de siestes, de promenades à pied le long de la côte, de ravitaillements en nourriture et boissons dans les commerces du coin. Les stations à la Villa Mas, pour déjeuner ou dîner, ravissaient tout le monde. Cette ancienne maison de maître de deux étages, dotée d'un grand patio intérieur transformé en terrasse joliment agencée de vastes tables couvertes de nappes blanches, tandis que d'autres tables étaient disposées devant l'établissement sur la terrasse extérieure faisant face à la mer, offrait un incontournable camp de base. La carte du restaurant était courte mais renouvelée et ne proposait que des plats succulents à l'image de ces « espadrilles » de mer, mollusques aussi rares que savoureux. Quant à la carte des vins, elle était simplement ahurissante, les plus grandes références de Bourgogne, y compris celles de la Romanée Conti, y côtoyaient des vins d'artisans vignerons à prix d'ami, bouteilles que l'on cherchait souvent désespérément à Paris. Les réserves de V.I.T.R.I.O.L., extraordinaire gamay d'Auvergne, furent sérieusement entamées par les commandes de Patrick, comme celles des vins du domaine de Gramenon ou du tavel du domaine de l'Anglore. Ces frappes chirurgicales attirèrent l'attention du patron, Carlos, qui régulièrement venait offrir une bouteille à la tablée de Français aux palais avisés.

Ces plaisirs, cette insouciance, ce bonheur fin et épais à la fois étaient régulièrement voilés chez Patrick par le souvenir des photos découvertes à Paris. Il ne pouvait les chasser durablement de son esprit, elles revenaient telle une douleur lancinante, une dent cariée qui attend d'être arrachée. Ne pas évoquer le sujet entretenait en lui un étrange sentiment de culpabilité se transformant en rancœur envers Laurence. Il aurait fallu « crever l'abcès », cette expression qu'il détestait, presque aussi ridicule que « mettre cartes sur table ». Le courage lui manquait. Derrière ses airs bravaches et ses devises viriles – « Never explain, never complain », « Se tenir droit »... – se cachait un petit garçon craintif qui avait peur d'être abandonné, un presque quinquagénaire immature fuyant les obstacles. Ne lui restaient que des postures d'enfant gâté, de la lâcheté, des sourires en coin de sale gosse. Le mercredi en fin de journée, ils se retrouvèrent seuls sur la plage de la baie de S'Agaro, les autres étaient remontés à la villa. Il en profita.

— Quand je vois ce grand couillon de Félix, je me dis que j'ai bien de la chance avec Sébastien. Les parents ne se rendent pas toujours compte du bonheur qu'ils ont.

Il laissa passer quelques secondes avant de demander :

— Et toi, tu n'as jamais eu envie d'avoir des enfants ? L'instinct maternel ne t'a pas titillée ? Tu aurais fait une excellente mère, j'en suis sûr. Tu veux qu'on adopte ? On n'est pas si vieux...

Il crut déceler, ou peut-être l'imagina-t-il, un regard mêlé de tristesse et de reproche quand Laurence tourna la tête vers lui.

— J'ai envie de me baigner. Tu viens ? dit-elle.

— Non, elle est trop froide à cette heure-ci...

Il la regarda s'éloigner vers la mer en se maudissant d'être si maladroit, si lâche.

Au retour du bain, elle grelotait. Des gouttes d'eau salée perlaient sur son visage.

Le soir, ils dînèrent une nouvelle fois à la Villa Mas, à l'exception de Marine encore de sortie. Patrick se montra prévenant, attentionné, amoureux. Il ne cessait de chercher sa main, de lui caresser le dos, les cheveux, un bras. Il l'aimait, ça, il en était sûr, et pourtant il avait envie depuis l'épisode des photos de la blesser, peut-être pour en éprouver ensuite des remords et ressentir par là même un peu plus l'amour qu'il lui portait. Sadisme et masochisme avaient partie liée. Pauvre type. Il se maudissait et il la haïssait. À moins que ce ne soit l'inverse. À d'autres moments, il se promettait d'être le compagnon parfait, de ne jamais la faire souffrir ou lui faire de la peine. Sous aucun prétexte. En était-il capable ?

Le lendemain, peu avant midi, Laurence reçut un coup de fil de sa mère. Son père avait eu un malaise cardiaque et avait été hospitalisé. Rien de grave apparemment, mais il devait rester en observation. Laurence décida de rentrer à Lyon auprès de ses parents et trouva un vol direct en fin de journée depuis Barcelone.

— Tu veux que je vienne avec toi ? demanda Patrick.

— Non, merci, ce n'est pas la peine. J'espère qu'on trouvera une autre circonstance pour que je te présente mes parents...

Fred les conduisit à l'aéroport. Ils accompagnèrent Laurence jusqu'à la sécurité, Patrick l'embrassa et la serra dans ses bras.

— Tu m'appelles ce soir ?

— Sans faute, répondit-elle.

— Bon courage, ma belle, et à bientôt ! lança Fred.

Patrick ne rentrait à Paris que le dimanche, Clémence et Franck partaient eux le samedi et Fred avait programmé une dernière soirée le vendredi. Les conversations et les SMS échangés avec Laurence avaient rassuré Patrick sur l'état de santé de son père et aussi sur l'état de leur couple. Le pressentiment que leurs adieux à l'aéroport marquaient peut-être une séparation définitive se dissipa. Pourquoi imaginait-il si souvent le pire ? C'est le cœur léger qu'il aborda ses derniers jours de villégiature en Espagne. Le vendredi soir, sardines, gambas et seiches grillèrent sur la plancha. Du rosé et du rouge coulèrent à flots. Après le dîner, les filles voulurent danser sur la terrasse. N'aimant pas danser, Patrick aurait fait un effort pour Laurence, mais Marine finit par persuader le cavalier solitaire. Des caïpirinhas et des chupitos préparés par Fred dopèrent les fêtards. Diane, Clémence et Franck piquèrent une tête dans la piscine. À leur retour, une nouvelle tournée de chupitos les réchauffa. Pauline et Félix étaient couchés, ce qui n'empêcha pas Fred de pousser de sonores « hoo-hoo » sur *Sympathy for the Devil* des Stones. En faisant quelques pas autour de la piscine et dans le jardin, Patrick découvrit Marine en train de tirer sur un joint. Le regardant avec un air de défi, elle demanda : « Tu le diras à mes parents ? » De la main gauche, il mima sur ses lèvres une fermeture Éclair que l'on ferme. Omerta.

— Ce qui se passe dans le jardin reste dans le jardin, dit-il.

— Cool, tu as droit de tirer une taffe ou deux alors…

Il s'approcha, releva le défi, toussa.

— Arrête, tu vas nous faire remarquer ! dit-elle.

Vu l'état des autres sur la terrasse, l'hypothèse semblait peu probable. L'avocat somnolait dans un fauteuil en osier malgré les *« Start me up »* scandés par Mick Jagger, Fred était accaparé par la confection de gin-tonic, Franck et Clémence dansaient toujours, Diane et Alexandra communiaient dans un fou rire.

De la suite de la soirée, Patrick n'eut aucun souvenir. À 8 heures moins le quart, il se réveilla avec une double barre frontale. Sur son lit dormait Marine qui lui tournait le dos. Immédiatement, il tenta de reconstituer les événements, mais rien ne vint. Un trou noir. Bordel de merde, que faisait-il avec la fille de Fred dans son pieu ? Bordel de merde de bordel de merde. Nom de Dieu. Son cœur et ses tempes se mirent à battre la chamade. Il avait dormi habillé. Un bon point. Elle aussi portait toujours ses vêtements de la veille. Le pire n'était pas sûr.

— Marine, Marine, qu'est-ce que tu fais là ? chuchota-t-il comme si quelqu'un écoutait derrière la porte.

Elle s'étira, se retourna, lui sourit avec le plus beau des sourires.

— Tu ne te souviens pas ?

— Non, rien, le néant total, répondit-il accroupi sur ses genoux tel un pénitent, dis-moi…

— Ben, tu étais tellement saoul qu'avec maman on t'a accompagné jusqu'à la chambre, puis tu m'as demandé d'attendre un moment parce que tu avais peur t'avaler ta langue… Je suis restée et je me suis endormie. Voilà, conclut-elle en bâillant.

— C'est tout ? Tu es sûre ?

— Ben, oui. Qu'est-ce que tu imaginais ?

— Rien, rien…

Marine se leva, se pencha vers Patrick et lui donna un baiser sur la joue avant de filer telle une souris par la porte-fenêtre donnant sur le balcon. Cela ressemblait à une scène de mauvais vaudeville, mais il choisit de croire la version de la jeune fille.

XXX

Comme tant d'autres, Patrick aimait Paris au mois d'août. Depuis que Laurence était revenue de Lyon, ils avaient repris leurs habitudes en profitant de ce temps de latence qu'offrait la période. Au journal, c'était morne plaine. À son cabinet, Laurence évacuait les affaires courantes. Le 15 août tombait un mardi. Ils pourraient faire le pont et s'offrir un long week-end de quatre jours, mais Laurence balaya l'hypothèse.

— Tout va être pris d'assaut. Où que l'on aille, il y aura de la foule, des embouteillages, des aéroports bondés, des hôtels pleins… Restons ici et profitons de la ville.

Il approuva. Ils dormirent longtemps, cuisinèrent, lisèrent, virent un tas de films. Le mardi 15 août, après un déjeuner couronné par un succulent gigot d'agneau, Laurence proposa une balade. Patrick accepta.

— On va où ?

— Tu verras, fit-elle mystérieuse.

Ils marchèrent longtemps. Au bout d'un moment, Patrick ne reconnut plus le Paris qu'il croyait connaître comme sa poche. Il avait dû être distrait un ou deux instants de trop, notamment quand il avait appelé Sébastien. Où étaient-ils ?

Elle lui prit la main, comme on prend la main d'un petit enfant pour le guider et le rassurer. N'aie pas peur, ce n'est plus très loin et tu ne crains rien, je suis avec toi. Elle ne prononça pas ces mots, mais il eut l'impression de les entendre. Face au silence de Laurence et face à son visage sur lequel flottait une sorte d'apaisement un peu triste, il se sentait redevenir l'enfant qu'il avait été et qu'au fond de lui il n'avait jamais cessé d'être. Patrick devina-t-il l'issue du voyage, l'issue de cette marche dans les rues d'une ville pourtant familière qui lui paraissait étrangère ? Nous ne le savons pas, mais notre intuition nous porte à le croire. Lorsque Laurence poussa la grille du cimetière, il n'eut plus de doutes. Devant la pierre tombale, des dates témoignaient d'une vie foudroyée dans ses balbutiements. Il s'appelait Théo. Depuis combien de temps Patrick n'avait-il pas prié ? Les mots lui revinrent instantanément. Il les récita en silence, se signa et prit Laurence dans ses bras avec une douceur aux promesses d'éternité.

Deux heures plus tard, ils dînaient au Comptoir du relais, à Odéon. Le chef vint les saluer : « Alors, les amoureux, ça boume ? » Ils confirmèrent. Peu après, Marc, que Patrick n'avait pas revu depuis l'hiver, passa devant le restaurant. Son ami le héla. Ils commandèrent une bouteille de vin pour fêter leurs retrouvailles. « Vous vous mariez quand ? » demanda l'agent d'assurances, sûr de son fait. Patrick et Laurence rirent de bon cœur.

XXXI

Patrick eut comme une révélation. Il allait écrire un nouveau roman, ce roman qu'avait attendu en vain Sanders. Il l'écrirait pour lui, pour Éric, pour Bernard, pour Laurence, pour Sébastien, pour Théo, pour Stéphane, pour Hélène, pour Paul-Henri, pour Fred, pour les vivants et les morts. Il s'agirait d'être le plus vrai, le plus sincère, le plus juste possible.

De quoi cela parlerait-il ? Il n'en savait rien. Enfin, si. Du temps, de l'amour, de la mort. Forcément. De toute façon, ce n'était pas le sujet qui faisait un roman selon lui, mais un ton, une musique, un rythme, une façon de voir et de raconter.

Il écrirait sur la fatigue de vivre, l'eau grise du quotidien, le poison du renoncement, mais aussi sur l'émerveillement, l'espérance, la joie, les amis disparus, les amours défuntes, en chassant les idées générales et en privilégiant l'instinct, le sensible. Piochant dans le quasi-demi-siècle de son existence, il extrairait des motifs, des contours flous, des regards dessinant une géographie sentimentale. La sienne et celle aussi d'inconnus qui étaient ses frères clandestins. Si lui ne le faisait pas, qui s'en chargerait ?

Patrick alluma son ordinateur, ouvrit un fichier qu'il intitula Demi-siècle. La première phrase ne tarda pas : « Quelle idée. »

Cet ouvrage a été mis en page par IGS-CP
à L'Isle-d'Espagnac (16)

Imprimé en France par CPI
en mars 2021

Dépôt légal : avril 2020
N° d'édition : L.01ELJN000916.N001
N° d'impression : 163033